中 阿 典 籍 互 译 出 版 工 程
مشروع تبادل الترجمة والنشر بين الصين والدول العربية

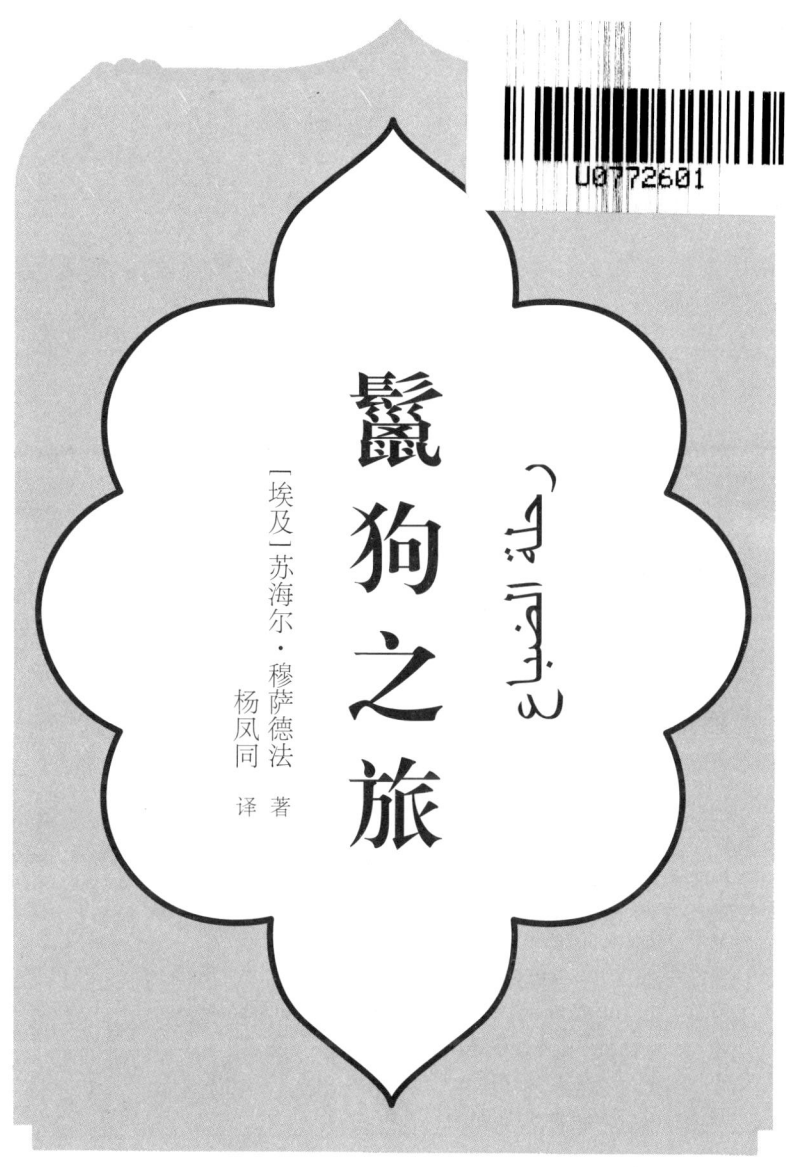

U0772601

رحلة الضباع

鬣狗之旅

[埃及] 苏海尔·穆萨德法 著

杨凤同 译

五洲传播出版社

图书在版编目 (CIP) 数据

鬣狗之旅 / (埃及) 苏海尔·穆萨德法著 ; 杨凤同译. -- 北京：
五洲传播出版社, 2024.1

ISBN 978-7-5085-5097-8

Ⅰ. ①鬣… Ⅱ. ①苏… ②杨… Ⅲ. ①长篇小说－埃及－现代
Ⅳ. ①I411.45

中国国家版本馆CIP数据核字(2023)第168091号

出 版 人：关　宏
责任编辑：杨　雪
审　　校：薛庆国
装帧设计：米　军
内文设计：张国平

鬣狗之旅

作　　者：苏海尔·穆萨德法（埃及）
译　　者：杨凤同
出版发行：五洲传播出版社
地　　址：北京市海淀区北三环中路31号生产力大楼B座6层
邮　　编：100088
发行电话：010-82005927，010-82007837
网　　址：http://www.cicc.org.cn，http://www.thatsbooks.com
印　　刷：北京市房山腾龙印刷厂
版　　次：2024年1月第1版第1次印刷
开　　本：710 mm × 1000 mm　1/16
印　　张：13.5
字　　数：150千字
定　　价：88.00元

目录

以进行你们所谓的战争、入侵和圣战"，然而在任何时代，都没有人理会她正义的呼吁。

作家有意为这部小说构架现代写作手法，在叙述时并不想采用单一的典型框架。自从易卜生在其代表作《玩偶之家》中塑造了女主人公娜拉的形象，以女主人公关上家门，永远离开作为最终结局，男人对女人的压制和女人的反叛，便不断成为司空见惯、老生常谈的话题。事实上，作家致力于以同作品主旨相契合的方式，来推翻一切固有模式，打破原有的文化结构，以此超越作家所处的当今时代以及对这一时代的幻想，从而达到一个与现实相关联且堪称相似的时代。这个时代近乎是若干时代的集合，现实与历史交错其间，就像在这篇小说的叙事中，想象与历史相互交织一样。而后者，即历史事件的描绘是依据史料编纂（如"萨巫黛"便是历史上以传报消息为己任的"泽尔卡·叶麦玛"这一人物形象的艺术发展形式）或引用而来。作家以此方式来构建与现实文本相平行的另一文本，即采用所谓的"书中书"写作手法，从而在作品中形成两条叙事线索，其中第一条线索影射现实，通过对男主人公贾玛勒·易卜拉欣的叙述，揭露出社会的腐败和良知的缺失。贾玛勒·易卜拉欣是一名默默无闻的新闻工作者，在"安达卢西亚"报社从事校对工作，他写出的文章则无人问津。贾玛勒生活在数字化技术时代，思想上却属于激进主义时代，全文叙述都围绕他展开。这条线索的另一部分是贾玛勒的妻子娜莉敏，她看上去是一个在很大程度上已被驯化良久的人物形象，继而反叛了起来，于是丈夫开始重新探寻妻子，尽管他认为妻子只属于自己，并且深信妻子对自己的爱恋是因为他的床上功夫，甚至想象当他同妻子发生关系时，自己就是神灵，妻子在"祈求神灵不要停止赐予她恩惠"。当偶然发现妻子写下的碎纸片时，他的心中袭满疑虑，几乎要疯掉了。这对夫妻最终以离婚收场，在小说的结尾，丈夫等着看到妻子离开自己的伊甸园后开始泪水滂沱，然而他却发现"我几乎要再次哭出来，仿佛我在观看一部埃及黑白电影，而我却不是主人公"。丈夫对妻子的所有新发现，陆续贯穿在整篇叙述中。他发现妻子不再是曾经和自己在一起的那个娜莉敏，并且发现自己已经失去了她。是的，她揭去了面纱，穿上了牛仔服，用硕大的发夹把头发盘起来。丈夫还发现妻子擅长在电脑上写作，此外还发现了其他秘密，本以为这些都是距离她很遥远的事情。

从夫妻间的棘手关系看，小说的情节很简单：丈夫对自己的妻子加以限制，从强制她戴上面纱，到对她产生怀疑，小说中弥漫着丈夫对妻子进行侦查和镇压的气氛。贾玛勒清楚妻子同自己母亲关系冷淡，却仍将她送到自己母亲家，利用妻子不在家的时机，好在家里搜寻妻子的罪证。然而他失败了，妻子知晓他所做的一切，于是丈夫改变策略，转而利用摄像头来跟踪她，捕获到妻子专心致志写作的一幕。由此处的冲突，我们开始发现妻子的手稿，即是"书中书"，妻子在手稿中融合了自己被扼杀于丈夫手中的个人愿望与历史事件，回顾了相关史实，和男权主义对女性、乃至整个民族的致痛史，还从《历代先知与帝王史》《麦格里齐历史》等史籍中引用了部分史料，通过诸多与现实生活平行却又相矛盾的历史，来表达对现实生活的谴责。在整部女性历史中，尽管古籍中宣扬的是对女性包容的思想，倡导对女性的接纳，肯定女性发挥的重要作用，然而事实上，女性并没有被公平对待，而是屡遭压迫伤害。妻子娜莉敏还在手稿中树立了一个范本形象，即埃及科普特王朝泽巴的女儿"达鲁凯",描述了她为保护自己的王国,而抵御外敌入侵的壮举。

作家从伊历 34 年的骆驼战役事件中得到启发,通过"罗马人的女儿萨巫黛"讲述的一个与历史事件相平行的虚幻故事,将叙事回溯到一千四百年前。当时,战争席卷了一切,哈里发帝国分崩离析,使得很多人纷纷逃离战争,如艾比·祖尔和赛义德·本·阿比·瓦卡斯,他们中一人选择隐居,另一人则逃到沙漠中避难。故事中的"罗马人的女儿萨巫黛"是一名女奴,被奔赴战争的爱人所遗弃,她在最后发现自己的爱人奔赴战争,"无非是为了敛获战利品、霸占庄园和俘获女奴。"于是为了找到他,萨巫黛开始在沙漠中徘徊游荡。在整个沙漠旅途中,当她的消息传开后,许多女性纷至沓来,她们中有人饱受相思之苦,有人因男人的大男子主义行为伤了心,或许她可以让她们接近爱人,或者让她们的心上人也爱上自己。同时,她尽力将眼中所预见的一切告诉那些相互交战者,可他们却嘲讽她对和平的呼吁,直至她看到他们"像鬣狗一样在饥饿时彼此吞噬对方"。

萨巫黛的故事原本是外婆对外孙女口耳相传的传说,一代代的外孙女向后辈的女人们逐代传述下去。在这里,叙述者娜莉敏作为最后一代外孙女,因自己不孕不育而违背了传述约定,于是将口述故事转换成书写的文字。这些文字并不是出自男性口耳相传的记忆,而是来自那些与男士持不同视角的深思熟虑的女性头脑。大多数时候,这些女性观点或许比男性更加正确,例如娜莉敏对于萨达姆·侯赛因及其结局的看法,便同其丈夫(贾玛勒)截然相反,贾玛勒坚信萨达姆将战胜美国,最终证实娜莉敏的预言才是正确的。

作家运用了多种写作技巧，无论是将当今时代与距之甚远的古代进行对比，还是将不同人物形象进行对照，例如，"贾玛勒和娜莉敏"两个人物形象同历史故事中的人物（即便是虚构的）"欧麦尔·本·欧迪和罗马人的女儿萨巫黛"进行对照。此外，作家还采用了多种语体，如说明语体（每章开篇对鬣狗特征的描述），传统语体（用来讲述欧麦尔·本·欧迪和罗马人的女儿萨巫黛的故事，并由此引出骆驼战役事件），以及日常生活中的大众语体，用来叙述当前报社中发生的事件、调查报告的秘密、新闻界的种种问题。

在小说章节的导言中，作家采用说明语体，从《动物书》中引据对鬣狗特征的描写，是具有隐喻和象征意义的。令人称奇的是，作家将鬣狗特征仅仅分布在现实主义故事（即贾玛勒和娜莉敏之间故事）中每个章节的开篇。两人之间的故事以贾玛勒为第一人称，以内心独白的形式，占用了三个章节。然后作家在三个章节（第5、6、7章）之前，穿插了一个题目为"鬣狗之旅"的叙述章节，以娜莉敏的口吻进行叙述，占用了80多页的篇幅。此外，作家还构思了一个题为"当爱情退却时"的叙述章节，更接近于作家内心的声音，特别是当作家用第二人称娓娓道来时，我们由此瞥见对于丈夫形象的某种审视，作家也将之视作某种心灵上的自我放逐。作家通过对丈夫和新闻工作者哈桑·阿卜杜·萨布尔形象的刻画，将他们二人与鬣狗的习性和行为进行对比，揭露出男权主义对待女性的不公，这也可在娜莉敏描写自己的小说中窥见一斑。娜莉敏写作的手稿，可看作是其逃离丈夫掌控的一扇窗口，丈夫用面纱将她的面容遮蔽起来，还想要掩藏她的思想，然而她拒绝了。

《鬣狗之旅》这部小说，不仅是女性的胜利，也是大型自

5

述文学的胜利，它打破了腐旧的文化结构，建立了一种契合时代精神、紧随时代步伐的新结构，如同投身于革命浪潮的娜莉敏所做的那样，重新俯瞰和接纳埃及。而那样思想僵化的人们，怪异而突兀地停留在原地，就像贾玛勒那样，将自己置身事外，只是远远地观察，却从未想过要去参与其中。此外，女性凭靠自己的能力丰富了新的知识形态，从边缘走向了核心角色，不受任何人的影响，用自己全新的认知重塑了属于她们的历史。

书评原载于《阿拉伯圣城报》文化专栏

2013 年 10 月 21 日

目录

引　文

它清楚，自己的嚎叫声与其他任何动物的叫声都不同，更像是人类歇斯底里的狂笑。它知道自己因为遭到极度厌恶，以至于人们极尽所能地用各种女性名字来称呼它吗？它的阿拉伯语名称也与其他动物不同，是一个阴性名词。

它知道自己只爱吃人肉吗？如果在地上没有找到人肉，就钻到地下去刨。

第一章

大约一年前，我便已决定将离婚协议书抛向这只卑贱的动物，我要无比憎恶地揪住她的长发，像扔一只死老鼠一样把她扔出家门。

我从容镇静地系着领带，目光始终没从床上移开，盯着她天使般熟睡的脸庞——那张脸看起来真像山顶上废弃教堂墙壁上某个圣徒的画像。自从同她结婚以来，我从未在她睡觉时感受过她的呼吸：她睡着后，立刻变得像一具美丽的僵尸，或是某一张杂志封面。十年来，每次从梦中惊醒，或是做了一场噩梦时，我都竭力克制自己，害怕自己打鼾时要发出恐怖的声音……有一次我问她，鼾声是不是打扰到她了，她莞尔一笑，脸颊露出一个撩动人心的酒窝。过去一同外出时，我曾让她苦恼，她既不大笑，也没有微笑，不过吻了一下我的额头，说：

"我爱你的一切，爱你发出的所有声音，爱你没有发出的所有声音。总而言之，我就是爱你。"

她对自己说出的每一个字都十分笃定。

我出神地注视着她，差点用领带把自己勒死。她的眉毛柔软乌黑，眼睛上搽了眼影，赤褐色的脸庞泛着熟睡的红晕，黑色丝线一般的头发瀑布般散落在枕头上，洋红色的丰满双唇微启，似乎她正倒在我的怀抱，等待亲吻。我经常喜欢咬一口她的面颊。说实话，情爱电影制片人找不到这么理想的脸庞来出镜，更不用费心如何让裸体交织纠缠在一起。我关上门，用枕头捂住她漂亮的脸，站上去，欣赏着她两脚乱踢的样子，接着又用力把枕头往下压了压，享受地舔着嘴唇，看着她不停反抗，然后，一切都永远平静下来。

走下楼梯，我满脑子都是她发青的脸和垂下来的长长的红舌头。我一边回答大楼管理员的问候，一边在手机里向主编道歉说路上堵车，但马上就到。这时她那张无辜的熟睡的脸又猝不及防地出现在我面前，这只昆虫会出卖我吗？这些年来，我为了能在五十岁以后生育一个随自己姓氏的儿子，一直想要抛弃她，当我饱受罪恶感蹂躏的时候，她会站出来揭穿我吗？在这个不能生育的女人后面迎接她的会是什么呢？这些年来，她让我相信，她爱我甚至到了崇拜的程度，我现在想的只是她被我遗弃后的命运……比如说，她会自杀吗？她会因为悲伤而罹患癌症死去吗？她会把自己埋进某间屋子里直到精神完全错乱吗？

一年来，我一直试图下决心抛弃她，但是，在这个女人身上，我找不到任何借口来执行我的决定。我每天都在编辑新的电影剧本，而在她的平静和无限爱意面前，我设计的所有场景都坍塌无遗。我从报社回到家，发现家里干净整洁，午餐已经准备好。她非常优雅，像往常一样热切地等待我回家，眼眸中流露出对我的渴望，于是我拉扯着她的长发，对她随便呵斥了几句，比如说，我在报社时你为什么要联系我，你难道不知道我有多忙吗？于是她把身体完全倾靠在我手上，含着眼泪嘟嚷说：

"不是你说的让我和你联系吗？"

我发现她突然倾倒在我的臂弯里，好让我舔舐她的泪水，用我的身体把她的身体压碎，而她的长发还被我抓在手里呢。

此时，我正在用颤抖的双手紧紧握住方向盘，仿佛我就要掉进某个沟渠，她那可恶的酒窝不停在我眼前的汽车挡风玻璃上跳动。由于昨晚一夜没合眼，我的眼皮现在愈发沉重，感觉身体发热，头痛欲裂，我连续打喷嚏和咳嗽，或许是为了不让自己哭出来。救护车从这里经过需要至少半个钟头的时间，我停下车，在救护车信号灯的闪烁中，重新整理昨天夜里发生的事……

简单说来，昨晚十一点左右，我特别想吸烟，却找不到打火机。不知为何，我并没有像往常一样把她从睡梦中叫醒，让她帮我找打火机。她知晓每一件事，甚至知道我把重要的私人物品藏匿或遗失在哪里。我来到平日很少进入的厨房，想找火柴，但没有找到；于是我打开丁烷气罐，用它的火苗点燃香烟，正想离开时，目光突然落在垃圾桶里。我诧异地盯着垃圾桶看，发现在残余的西葫芦、番茄和甘蓝叶上面，有一些被她撕得很夸张的极小的纸片。于是我熄灭香烟，小心地把纸片收集起来。我试着识读纸片上的单词，却只能认出这只被我收容在家的卑贱动物的字体。我奔向卧室，确认她还在睡觉，便放心地又回到厨房。我仔细剥去沾在纸片上的蔬菜残余，准备好熨斗，把纸片放在熨斗表面，小心翼翼地熨平纸片，然后把它们堆叠压实，放进钱包。此后我便完全无法入睡。我把身子探到她旁边，自问道：这个女人这些字是写给谁的呢？她为什么要如此谨慎地把纸片撕碎呢？在手机、电子邮箱和聊天工具已经发明了之后，给情人写信的模式难道还没有结束吗？于是我开始数着，等着时间一小时一小时地过去，直到我来到报社。我要看看如何把这些纸片和她的故事联系起来，我要读读看。

我的手机屏幕上一直闪动着易萨姆·辛瓦尼的名字，直到我走进他的办公室。他的每周专栏只有在我逐字逐词校对检查、重新组织好一些结构不完整的句子、更正语法和格式错误后，才会送去印刷。我或许还会告诉他一些新的信息，并根据这些信息加上一两段文字。我向他重申信息来源的重要性，他却不在乎地摇着头说：

"你写吧。"

我把汽车丢给办公楼门前的管理员，让他帮我停车，自己则径直奔向易萨姆·辛瓦尼的办公室，并和经过的同事们打招呼。他们所有人都知道我在易萨姆·辛瓦尼这里的地位，都来趋附巴结我，同时又在背地里嘲笑我的工作。我的忙碌只是报社的一个缩影，跟我一样忙碌的还有其他四位同事，其中包括一位女士，他们撰写了易萨姆·辛瓦尼在四份报纸和一份女性杂志上发表的一半的文章，因此，连最普通的读者也注意到了，易萨姆·辛瓦尼的文章风格迥然不同。

我来到易萨姆·辛瓦尼面前。他那张愁闷的、压抑着愤怒的脸，反映出他对周围所有人和事物的厌恶，特别是对他自己的厌恶。那副款式难看的眼镜后面，有一对尖锐的小眼睛，眼睛上的眉毛被散乱的头发遮得几乎看不见了，扁平的鼻子丑得让人无法形容，两片审慎的薄嘴唇就像还不会画画的小孩子用快要没有墨水的咖啡色彩笔画出来的，两侧的面颊上各有一个黑色三角区，就像是不擅长化妆的三流舞蹈演员在脸上涂的腮红。这些五官都分布在微黑的咖啡色肌肤上，上面顶着一个形状不规则的秃头。

感谢安拉，他正在和什么人讲电话，语气听起来很友好，面容却像往常一样，由于愤怒和厌恶而紧皱起来。他越过办公桌，扔给我一张纸，上面是他的每周专栏，于是，我从他的笔筒里拿出一支红色的笔，开始埋头润色文稿。他感觉我快校对完时，我注意到他用讽刺的声音说：

"要加上字母的点和逗号，贾玛勒。"

"没问题，领导。"

他按下电话键召唤那位掌握着他所有秘密的秘书，用充满轻蔑的口吻只喊了一个词：你过来，然后从我手中夺过文章，再次向她喊道："快点！"他从秘书手中接过文章，快速向文章和秘书的臀部瞥了一眼，又开始一脸不屑地笑着检查文件，那种蔑视的姿态，如同他要辞退某个员工时，要让所有下属牢记在心里。他慢吞吞地重复说：

"谢谢你，贾玛勒。"

我赶快回到办公室，找来透明胶带，把文件和一些报纸版面的印刷校样移到一边，开始整理昨晚熨平的小纸片。我仔细研究纸片的正方形、三角形和不规则形状的边缘，因为我过去总是很擅长在短短几秒内完成任何拼图，于是，我以空前的速度将我妻子撕碎的三四十块纸片拼在了一起。我耐着性子，轻轻地把纸块从背面粘在一起，然后把纸翻过来，开始读上面的字。这时哈桑·阿卜杜·萨布尔边说话边走了进来，他那年轻又洪亮的声音，听起来就像二十世纪六十年代，一个在贫民屋顶上埋头在盆里洗衣服的女人，在同驴车上的蔬菜商贩喊话。他说：

"先生，领导找你，我建议对破坏世界的事件做个调查。"

稍停了一会，他对我说：

"把手里的事先放下吧，贾玛勒·易卜拉欣，有人会帮你一起完成的。"

我把粘好的纸翻过来，放进抽屉，再把抽屉关上，用钥匙锁好，然后和他一起离开……

她窒息的脸庞和垂下来的长长的红舌头一直在我眼前挥之不去。突然，这一切都消失了，现在满脑子都是她魅惑的酒窝，这酒窝时而出现在易萨姆·辛瓦尼的脸上，时而出现在哈桑·阿卜杜勒·萨布尔的脸上，随后又出现在秘书的臀部上，这圆润的臀部似乎是她获得主编秘书这一职位的全部筹码。我摸摸自己发烫的额头，仿佛正在经历一场从未体验过的高烧。我浑身发抖地听着他说话，大幅度提高的音量，表明他希望报社里所有的人，特别是那些造谣生事者，都能听到他的想法：

"哈桑，我是说，在这个世界上，那些腐败者会给你提供支持，因为阁下你会写作，揭露他们腐败的事实?！所有人都会惧怕在媒体上曝光而被投入监狱，并被法庭宣判。我说得够清楚吗？"

事实上，哈桑·阿卜杜勒·萨布尔会用他的热情、他在街头巷尾连续十小时巡察的能力，以及他在二十四小时电话里的耳闻，来完成一份完整的调研。而我的角色通常局限于重新织构一篇前言，重新提出一些问题，标上标点，形成预先准备好的报纸观点，无论调研结果将揭晓怎样的新信息。

事实上，我天生就不适合做一名新闻工作者。我十分懒惰，大脑创造不出任何新东西，情绪似乎也遭到了某种破坏。我甚至不知道自己在人生中的哪个时期，就已将人们称之为情感的东西放进了永不断电的冰箱。我常常试图通过运用词汇来体验羞耻、愤怒或是爱的感觉，就像我谈及罗密欧与朱丽叶，或腐败者、荒淫无度者、皮条客，或那些在濒死一刻仍能对百姓施以惩戒的统治者们。而我对词汇的理解通常只限于单词本身，完全无法体会其中炽烈的灵魂。三年前的一天，易萨姆·辛瓦尼注意到，我在报社走廊里走路的样子变得像一只公鸡。我昂着头，竖起鸡冠，展开后背，还在同事面前撅起臀部匆匆而过。他似乎从同事们口中听说了我如何看不起他，听说了我自负地妄称自己能够写那些只有经过我落笔修改才能送去刊印的每周专栏。他把我叫到办公室，像往常一样，笑容中带着怨恨，咬牙切齿又虚情假意地说："贾玛勒，你的文采很不错，你和我们共事很多年了，听说你还没有写过独立的文章。你任意挑选一个选题展开来写吧，写好后我立即给你发表，刊登在'意见与异见'版面最好的位置上。"

这条建议似乎是一道提拔的指令，我都不知自己是如何回到家的。这一天我简直找不到哪个地方可以容纳得下我的喜悦。我对那个有撩人酒窝的女人说，我要进书房写文章了，就像我每天写文章一样！我警告她不要制造任何噪音，要她一声不响地把咖啡、茶和干净的烟灰缸拿到我面前，然后要像驯服的小猫一样退到远离我的角落里。我难得坐在办公桌前，背后是上百本参考书。我一直梦想这一天的到来，希望写一个让我日夜思虑的主题，我相信它可以对这个国家遭受的所有灾难承担责任，它是让这个国家沦为落后国家的所有问题的根源，这个主题就是教育和阿拉伯语的坍塌。

第二天，我带上这篇整整一千五百字的文章来到了报社。我当然知道刊登这篇文章的指定区域有多大，而我也一直给其他作者的文章做审校，可是这一次，不会有任何人审校我的文章，当然也不需要校对员了。

易萨姆·辛瓦尼没有读我的文章，对标题既没有发表评论，也没有做丝毫修改。平时，他会在修改那些大作家的文章后，解释说：

"贾玛勒啊，我们这是新闻业，所以我把标题改得更吸引眼球，更好卖一些。"

他在文章上签了"立即发表"几个字，并在我的名字"贾玛勒·易卜拉欣"下方用黑色水笔写上我的名字，就像写他自己的名字一样。随后，我的文章被发表在三个栏目，而不是一个栏目里！同事们纷纷把他们手中的那份专刊拿给我，我脸上露出胜利者的微笑。我把十份刊登着我首篇文章的报纸带回家。那篇文章的题目是《教育与身份问题 努力拯救〈古兰经〉语言》。这个标题印在报纸上仿佛是人民议会选举的标语牌，下方是我的名字，像是贫苦的阿拉伯语教师在登广告宣传，呼吁在受压迫地区修建自由墙。

我把九份报纸放进书房存放重要文件的私人文件柜里，午饭后直接把第十份报纸随意丢给这个有撩人酒窝的女人，期待看到她读报时显露出的情绪波动。她读第一段时，用手拨开一绺头发，我记得很清楚，每到她感到无聊和淡漠时，便会做这个动作。于是我对自己说：开头部分对于读者来说通常都很残忍，因为它既想把每件事都讲述出来，同时又想将任何事情都拖后再讲。可是随后她又在专注地赶苍蝇，我几乎看见她在眼睛扫过我的文字的同时，心里却在想：我的房子就像外资医院的病房一样干净无菌，这只苍蝇是怎么进来的？她双眉紧蹙，想快速赶走苍蝇，我记得很清楚，当她试图集中注意力听我母亲说话，而话题涉及她不喜欢的特别是关于生孩子的内容时，她便会做这个动作。她花了二十五分钟来阅读这篇文章，可我清楚地知道，即使慢慢读，她的最大限度也不会超过七分钟。我即刻确信她费了很大努力把文章读完。而后她十分茫然，抬起空洞的、看不出任何表情的双眼，猛地摇了摇头，吃力地站起来，绕过我们面对面坐着的餐桌，来到我面前，吻了吻我的头。我几乎能捕捉到她为了使声音听起来兴高采烈而使出的力量。她欢呼道：

"亲爱的，太棒了。非常非常精彩。祝贺你。"

她的双唇触碰到我的头发时，我能感受到徐徐流出的怜悯。不知道这个只擅长做带馅食品的女人是从哪里来的怜悯之情？今天一上午，我在同事们的高呼中嗅到的正是这种怜悯，他们机械冰冷地不停重复说：

"贾玛勒，你照亮了整个'意见与异见'版面。"

此后我不断关注记者联盟、作家协会、开罗工作室、大众文化会议举办的所有研讨会，特别是那些以教育为主题的会议，或许某个主讲人会提到我的名字，或者或远或近地提到我的文章。在一次研讨会上，我不得不举起手，提醒他们我为收集具有重要意义的统计资料和提出对走出这条黑暗隧道的忠告建议所做出的巨大努力。我苦恼地补充道：在这个国家里，谁是读者，谁又是听众呢？那些相信自己头脑的开会人，显露出同情得令人吃惊的表情，以表示对我言论的支持，接着，开会人数量要多于听众人数，开会人继续讨论，仿佛我并没和他们在一起，或是从来就不存在似的。我的文章像空气一样飘过，好像那些文字不是用我的心血和思想的汗水一一铸成的。这篇文章不存在任何错误，依据文章的注释，里面所有内容都是准确的，那么要想得到人们的关注，这篇文章还欠缺什么呢?！不幸的是，我过去曾确信很多人都已经读过它。我曾期待人们对文章里的句子评头论足，曾期待人们攻击我，甚至佯称这本身就是腐败，因为我在报社工作，能够近距离接触主编。然而我却被沉寂的石子默然击中头部，仿佛他们读这篇文章就是为了瞬间忘掉它，和我那可恶的女人如出一辙。自从这天起，我认为自己只是发表了一篇没有害处的空白文档。一连几个月，每当我把易萨姆·辛瓦尼的每周专栏修改好交给他时，他都会骄傲地欢呼："贾玛勒，你不要给我写第二份甜蜜的需求了，兄弟啊，你真是个懒人。"

接着，他大笑起来，因为他知道我清楚"甜蜜的需求"指的是什么。我掩饰不住自己的惊讶，仔细观察他那张愁闷的、压抑着愤怒的脸。这个可恶的家伙着实拥有一种能使他成为作家的狂热。记者和作家开座谈会，总会提到他写的讽刺性语句或是他在某篇文章中使用的格言成语。与会者们很快就会根据这些格言编撰出一些笑话来，比如一位在几个部委之间流转的部长听说的那个笑话。易萨姆·辛瓦尼在他最近的一篇文章中嘱咐著名商人政府总理，明确要让文化部支持他。多年来，他一直在开罗国际书展的马路上售卖书籍。我不知道那些作家拥有而我所欠缺的实质是什么，我无法抗拒自己阅读这些人的专栏，比如萨拉玛·艾哈迈德·萨拉玛、穆哈迈德·以萨·谢尔卡维、艾哈迈德·白哈杰和贾莱勒·阿米尔，排在他们之前的，自然是先读艾哈迈德·拉吉布每天撰写的三行字，题目因《一千零一夜》而著名，叫作《半个词》。在我看来，他们所写的东西都非常简单，感觉我也可以写出来，可是当我尝试提笔来写的时候，纸张上却一片空白……唉……我多么讨厌那个简单的回答说"这是天赋"啊！无疑，这种写作简直是荡妇，女人们总是问，有了像荡妇那样的乳房、圆锥形的双腿，有能够惩戒男人和毁坏他们家园的美丽身体，还缺少什么呢？

哈桑·阿卜杜勒·萨布尔在专心致志地探寻进口致癌农药的根源，从农业部长到最低级别的官员或是植物学专家，他都寻查了一遍。他为了掌握事实而头晕眼花，却无从获取真相。年轻的哈桑梦想家还没有意识到，罪犯通常比警察更聪明，如果警察成功逮捕了罪犯，罪犯将失去自由和生命，相对而言，如果没有抓到罪犯，警察又会损失什么呢？

我坐在椅子上审校所有作者的文章，一直坐到臀部酸痛，那些作者都是擅长抄袭或者像我一样写不出东西的人。在哈桑独立完成的调研报告上，我的名字将根据字母表顺序排在他的前面，真幸运啊。

我在报社里想找出些独处的时间，来阅读被我供养在家的那个荡妇写的纸片，可是连五分钟的时间都没找到，于是我决定去母亲家。我小心翼翼地把纸片放进黑色文件夹里，以免别人看到它，再把文件夹藏在一叠报纸中，我向大家宣布说要去办一些与调研相关的采访业务。

我登上狭窄陈旧的伊姆巴巴桥。已经不记得那部电影的名字了，主人公马哈茂德·米利吉就站在这座桥上，从高高的铁柱上面扔下法蒂娜·哈麦玛。此时，我闻到了四十五年前父亲的味道，看到了此前从没在任何街道上遇见、却只在黑白电影里见到过的美女们……她们高高竖起的头发上别着亮闪闪的金色发夹，总是身穿与裙子同色缎面做衬里的雪纺或蕾丝花边无袖短裙，脚上穿着闪亮的高跟鞋，挎着装饰着亮片和水晶花边的大手提包，婀娜的细腰上系着带宽大卡口的腰带。我想起父亲舔着两片厚嘴唇，两眼放光，像白痴一样张着大嘴笑，连白齿都露了出来，突然他裤裆稍微凸了起来，于是赶紧狼狈地找到离他最近的位置坐下。我常常听到母亲痛苦地向我大姨母悄悄说："你看啊，真是让我丢脸。"每当我们受邀参加在市区举办的亲戚或邻居的婚礼，或是开斋节，或者受邀去动物园、吉萨金字塔，还有父亲在世时我们只去过两次的陆地角避暑胜地集体郊游时，我都近乎迷恋地期盼看到这个场景。那些日子里，我会自娱自乐地猜测，这一次究竟谁是能让我享受到父亲表演的那个美女？我曾经纳闷为什么母亲会羞愧愤怒地涨红了脸。如果当时我在母亲的手边，她就会把我揽在怀里，握紧我的手或者肩膀，忘记自己的存在，以至于都把我弄疼了，她嵌在我皮肉上的紧握的指印，要过好几天才能消下去。

我长大后，才明白父亲当时发生了什么。从十六岁起，我便开始训练自己，让自己对迷人的美女视而不见，也绝不在她们面前露出笑脸，以免成为女人们嘲讽的笑料。可是母亲责备蔑视的目光——就是她指责父亲的那种目光——很快就提醒我，我本人就是我父亲的翻版。同漂亮女孩握手时，我像个真正的白痴似的，不停地用我的手来晃动对方的手，有时有的女孩会突然转向某个男人，随后用力抓住我的手，强迫它停下来，但是大多数女孩都惊讶于我这种白痴的行为，一边和其他在场观众一样观看我的手和手臂部的整个表演，一边欢天喜地地摇摆晃动她们的手和手臂。

似乎我从没有爱过父亲，幸运的是，他在我七岁时就去世了，事实上，我并不因为自己的这种感情而感到内疚。我曾非常努力地去爱他，然而做不到。母亲身上有一种令人头晕目眩的气味，这是一种混合了哥隆香水和开斋节大饼的味道。这些大饼是母亲亲自为我们准备的，我和妹妹们拿着放置大饼的铁板来到烤箱旁，像期待年度郊游一样等待轮到我们烘烤糕点和大饼。这时一阵后来再没有出现过的喝醉般的睡意向我袭来，于是为了闻那种气味，我把头埋在母亲的胳肢窝下睡着了。十一岁以前，我一直用这个姿势睡觉。我六岁那年，父亲去世几个月前，有一天我试图找到爱上父亲的方法，于是偷来一瓶哥隆香水，来到他跟前。他正在睡觉，发出响亮的呼噜声。我把半瓶香水倒在他腋下，稍微等了一会，凑到他身旁，躺在他的胳膊上睡觉，就像我经常躺在母亲胳膊上睡觉一样。接着，我闻到一股难以形容的味道，他的气味把我一直钟爱的哥隆香水味给毁了。我从他身边站起来，要逃离他和他的气味，这时，他突然全身发抖，暴跳如雷，几乎可以确定我在想什么，于是他把我扔到地上，吼道：

"我以后再也不在这个家里睡觉了！"

那天母亲从厨房奔过来，把我从地上扛起来，尽管她已经扛不动我了。我把头埋在她丰满的胸脯里，哭了很久，一边哭一边继续闻她腋下的味道，她一直给我擦拭眼泪。这瓶造成父亲和母亲天壤之别的香水，我已经大概知道它的秘密是什么了。

在父亲的吊唁棚里，一个远房亲戚亲吻过母亲，恸哭着反复说："他在风华正茂的时候走了。"我一直在观察母亲，发现她完全面无表情。在最后一个吊唁者离开后，她无意间发出了一声放松的长叹。我永远记得这声叹息和那令人费解的眼神之中，那并不是因为得到遗产的是两个女儿、一个儿子，不是因为一贫如洗，也不是因为或许会长久伴随她的孤独而感到难过或困窘。我无法忘记这种眼神，把它并入我们暗中交流的眼神，以此作为我们对逝者感情的新的观测站。

现在我在想，母亲是如何面对她的身体需求的呢？失去丈夫时，她还是个不到三十岁的少妇。而被我供养在家的那个荡妇，都已经四十六岁了，每晚却只想着如何把我诱骗到床上。我以前不是看到书上说过，女人的好时候，到四十岁就结束了吗？为什么这个"娜莉敏"的圆润更显妖媚，疾行时大腿全无松弛，挺立的双乳可以打败房间里的空气？除了她头上有最多五根白头发以外，我在她身上看不到任何衰老的迹象。

我记得母亲曾经美丽苗条，身上带有一种她特有的甜甜的味道。她在家里从中午一直忙到夜晚：中午以前，她会到珍珠树小学教孩子们体操；中午回家后，她要抢时间给儿子和两个女儿做饭，还要拂去家具上的尘土，同蟑螂、老鼠还有不时出现的蚂蚁及臭虫搏斗，洗刷总也洗不完的小山一样的锅碗瓢盆，接待来家里做客的女邻居，还要忙于小吵小闹，比如关于她们给她安排的在节日、学校和斋月里参加的团体活动，或者因为某个小姑娘打了我，或是某个小男孩打了我妹妹，等等。她总是争分夺秒，只有一个梦想，就是能有时间睡觉。

我来到了伊姆巴巴区。团结路上堆满了正在行进的汽车，那些车仿佛已经停了下来，或者可以说，路上堆满了停下来的汽车，仿佛它们正在行进。我没有在阿里理发师门前找到停车的位置，我费力地把政府路上占据部分街道的一块大石头挪开。在街角对面，阿里说今天一定要给我理发，这种信誓旦旦，让我有些进退两难。去母亲家的时候，我习惯于在胡同里穿行。我的房间还是老样子，母亲非常喜欢将事物保持原样，而且不喜欢我按门铃，自七岁起，钥匙就挂在了我的脖子上。我打开了房门，希望她不会和我开启关于娜莉敏、生孩子和安拉允许我在必要时娶其他女人为妻的话题，而安拉所指的必要时正是我目前的这种情况。母亲正完全沉浸在礼拜中，我在等她礼拜结束。这时电视里正在播放莱拉·穆拉德[1]的《爱情的彼岸》，电影中唱道："远行的人，亲人啊，先知是你的向导，而你的爱情也是你的向导。"她的声音把我带向不曾存在的海洋，我惊讶地凝视着侯赛因·萨德奇肥胖的脸庞。是什么让一个拥有天使般声音的女人遭受被男人遗弃的命运？我发现母亲高兴地笑着出现在我面前，即便几颗臼齿已经脱落了，仍然笑得很可爱。她经常试图通过做出一些小动作或说出什么话来掩饰她的欢喜。我拥抱着母亲，亲吻她的双手和两颊，反复说着那句让她害羞得像个十六岁小姑娘的话："人们啊，这是怎样的一个美女啊？"她扬了扬手不承认，随后把手插进了衣兜里。

"儿子啊，我和你说过多少次了，不要再买水果了，你总是上当受骗。

"贾玛勒啊，我是说，我来回答你的问题，你醉了。你有糖，为什么不把糖吃下呢？每个月为了寻找生计忍受千辛万苦，把这个怪物扔掉吧，然后一切都是甜美的，宝贝。"

我的脸色肯定很难看，心里想：不，要不是在这个黑色的日子，我是不会允许母亲把我拉向任何关于她的话题的。

"哈吉[2]啊，您听我说，我昨晚一刻都没有睡着，今天也没有吃任何东西，太累了，非常痛苦。"

我非常讨厌喊母亲"哈吉"。妹妹在海湾国家工作多年，教会我们用这个词，母亲知道我只有在处于悲惨境地时才会称呼她"哈吉"。我对母亲回答我需求时说的话记得很清楚，她的回

---

[1] 莱拉·穆拉德（1918—1995），出生于开罗，埃及著名演员、歌唱家，曾于1950年出演《爱的彼岸》。
[2] 朝觐者，朝拜过圣地的人。

17

答几乎半个世纪来都没有变过，她会说：

"我亲爱的，我的儿子啊。"

我也清楚记得她会如何奔到厨房，从冰箱里拿出所有东西，绞尽脑汁想出如何把所有我喜欢的食物都一股脑地烹饪出来，仿佛我是最后一次在她家里吃饭似的。

为什么我尽可能地推迟阅读她纸片的时间呢？我本可以把车停在某个安静的地方来读它，我已经恐惧到了这种程度吗？我害怕什么呢？害怕她的文字是写给某个情人的？害怕她的文章是失望的日记，就像女人们写的关于男人的看法，还有她们身体无休止的饥渴的欲望，或是她们在没有心或感情的披着人皮的狼手上遭遇的极度的欺侮？我害怕什么呢？是害怕她在精神上专门被我把玩或遗弃的一堆光滑肉体吗？我又一次看到她发青的脸庞和从令人恶心的嘴里伸出的长长的红舌头。我横卧在旧床上，像在单身汉的日子里想做坏事时那样等待着，比如吸一根烟，或一边注视着大众明星弯曲如弓的小腿一边自慰。但是，我只是在等待，等待那难听嘶哑的声音结束晡礼的祷告。那幢高高建筑的看门人埃沃德大叔似乎仍然健在，我们读小学时，来这座建筑就为了悄悄溜进去乘电梯，当时对我们来说，乘电梯就像做游戏。埃沃德大叔总结说，他的人生的目标，就是要在宣礼时间之前抓住麦克风，并一直重复诵读黎明章，这似乎是他唯一能够牢记于心的《古兰经》章节，然后用他难听的嗓音高喊宣礼开始。有一次，高楼的业主和邻居们把麦克风放在《古兰经》台上，试图不让他宣礼，他由此第一次发作了心脏病。在先知的故事和圣门弟子的历史中，他只知道安拉使者的宣礼员比拉勒的故事，但无论人们如何在他面前凭《古兰经》起誓，他从未相信，也绝不相信他的声音并不像比拉勒那样好听，他也不承认自己的声音像驴叫。最终一切都安静下来，我听到厨房里瓦炖锅叮当作响的声音，我确信母亲正在专心做饭，两个小时内不会做完。终于，我把粘好的纸片摊开在我眼前：

　　我在沙丘深处刨出一块石头，早上的大部分时间里，我都在步履蹒跚地寻找这样一个地方。我刚挖出一个足够埋藏我的排泄物的坑，就听到远处传来母驴的叫声，我再也忍不住了，便脱下斗篷，把臀部露出来，对准了刚挖好的坑。耳边只听到风的咆哮声，于是我深吸一口气，刚开始放屁，就感到一只铁手把我的头按进了沙子里。为了不在沙粒中窒息而死，我奋力挣扎，竭力把脸颊贴在地面上，极力恳求这个男人——他用一只手把我的臀部像母狗一样抬高，同时另一只手按住我的头，要把它重新埋进沙子——不要把他的东西塞进我的臀部里，不要让我变成通奸的女人。我以为我的恳求已经完全奏效，然而正相反，他硕大的东西一下子塞进我的臀部，顶端敲打着我的五脏六腑，昨天还没消化掉的青草残渣都涌了上来，塞了满嘴，于是每当他推撞我时，我就会呕吐，而他一直用同一个节奏在推撞我的五脏六腑，我就一直在呕。当嘴里只剩下干呕的黄水时，我感觉脊柱上有一把烧热的铁剑。这时他的手掌松开了我的臀部，我的鼻子里充斥着他在空气中散播的气味。我把脸转过去，没有偷看他的脸；无论如何，我只是个私逃出来的女奴，我知道自从离开了傻子的家，我对所有男人

19

来说，就是人尽可侵了。我的臀部还裸露在外面，试图把刚才的大便排完。五脏六腑的疼痛搅拧着我，我便把呕吐物埋进沙子里，以此来转移注意力。我的双手快速行动，一刻不停，直到把我经过此地的所有证据都埋藏起来。母驴的叫声逐渐减弱，同它一起消失的还有那个男人的气味。我努力去追溯男人气味的来源，其中有山羊皮的一些芥子粒、一碗酸腐的肉汤泡馍，还有刚从罗马人帐篷走出来、不爱洗澡的男人留下的特有味道。我知道自己如果能够抵抗得住，在不吃不喝的状态下，远离伊本·阿兹姆的帐篷，继续在沙漠腹地中行走，终将在夜以继日的旅途之后，抵达圣地。

我无法相信自己在长达两个半小时的时间里，一直在不停翻动嘴唇反复阅读这页被我粘好的纸片。我是那种阅读时要读出声音的人，不像这个贱女人，阅读时用眼睛默读就可以了。对于这份草稿，我不知自己读了多少遍，当我读完时，可能我已经读了一千遍，然后我还嘟囔了一千遍：这是什么意思？这个贱女人用笔写出来的都是些什么？她是从哪本书里抄来的？这是为什么？这时母亲站在门槛上责备我说：

"你没有对你老婆说你在我这儿吗？她打电话来询问你呢。快来吧我亲爱的，饭准备好了。看起来你太需要睡觉了。"

我在母亲身后重复着自从我小时候她就经常念叨的那句话："有两种人睡不着觉……害怕的人和饿肚子的人。"然后我暗自对自己说："妈妈，这两种人我都是。"

仿佛我今天早上真的把娜莉敏闷死了一样，她还能打电话来联系我，让我感到很吃惊，但是我没有把这种惊讶表现出来。我就像一个刚同死神伊斯拉菲勒谈过话，被告知快要死了的男人一样，平静地把她的草稿折叠好，放在衣兜里。我拖着脚蹭到电话听筒前，把听筒放回到电话机上。当我走向餐桌时，电话铃声又响了起来，我知道是她以为电话线断了，或者是我母亲弄错了挂断了电话，所以又打了过来，但是她永远想不到，是我在她面前挂断了电话。我坐在母亲准备的食物面前，拦住母亲，毫不犹豫地对她说："哈吉啊，你不用接电话，是娜莉敏打来的，我还没有准备好同她讲话，快来和我一起吃饭吧。"

坐在葡萄叶包饭面前，闻着锦葵、红烧肉及蔬菜沙拉的香味，我居然伸不出手来。之前我还没发现谁有母亲这么好的手艺。这里充溢着那只昆虫在每个空白的地方散发出的香气。我毫不掩饰地摆弄着盘子里的汤匙，一边闻着让我有食欲的另一种香味，一边试图集中注意力听母亲说话。母亲说到娜莉敏时，我觉得男人只是系着领带让女人把玩的傀儡。我甚至不喜欢她的名字，我发现自己总是会在"娜莉"和"敏"中间停顿一下，那个拖长的傲慢的重音"莉"总是打断我说出完整的名字，每当说到"莉"时，我都无法轻易地忽视它，因此我都称她为"莉莉"。

母亲会说：

"儿子啊，你断了血脉，儿子啊，我很渴望在死前能看到你的儿子，你姐姐的孩子都快上大学了。"

五年前，当母亲先开口和她说我想要一个孩子，我只会娶一个完全尊重她的女人，就像传说中的哈吉尔女士、萨拉女士和我们的先生易卜拉欣一样时，她对我讽刺地苦笑了一下，仿佛预先有所准备似的，平静地回答我说：

"无论如何，你不是我们的易卜拉欣先生，我也不是萨拉女士①，这个世上任何一个女人都不会像哈吉尔一样，也就是说，一个人绝对不会和其他人一样。这对我来说是一场可怕的竞争，是我无法忍受的。"

接着，她像大部分受害者一样用力拨开美丽的头发，冷酷而骄傲地威胁我说：

"如果有一天你遇到了任何'哈吉尔'，并且决定娶她，这当然是你的权利，就把我休了吧。"

"儿子啊，安拉对你所做的事很满意。她的鼻子朝向天上，既然她没有准备好接受纳妾，那就信赖安拉把她休了吧。"

我几乎是狼吞虎咽地吞下一块热肉，烫到了上颚。我一边吞下两块葡萄叶包饭、一汤匙沙拉，一边听着母亲挑剔自己做的饭，可她一口都没有吃。我来到理发师阿里这儿，喝着咖啡，吸了好几根烟，让他给我理发。我满脑子只有一个问题：她手写的这些东西是什么呢？我双眼模糊，眼里看见的只有这张已经被我牢记在心的草稿。她很喜欢把我刮过脸的头放在她的双乳间，长久地抚摩我剪短的头发，现在我要怎样对待娜莉敏呢？阿里剪去我耳旁的三搓长头发，一边在我耳边唠叨着我儿时伙伴们的消息，谁离开了，谁回来了，谁娶了老婆，谁生了

---

① 萨拉是易卜拉欣圣人的第一位妻子，哈吉尔是她的女佣。易卜拉欣同妻子萨拉及女佣哈吉尔一起赶着驼群，带着钱财来到巴勒斯坦。易卜拉欣的妻子萨拉患有不育症。丈夫总盼望她能生男育女，而她却无法实现他的愿望，心情十分痛苦。于是她劝丈夫娶忠实的女仆哈吉尔为妻（教法规定，男性穆斯林可娶四个妻子，她们的地位平等），愿她生男育女，使全家摆脱膝下无儿之苦。易卜拉欣接受了妻子的忠告。不久，哈吉尔生了个男孩，取名伊斯玛仪。

孩子。

这只昆虫是在我不在家的时间里抄写的这些草稿，然后再把它们撕掉的吗？誊抄的这些阿拉伯散文原稿来之不易，我很珍惜它们，因为其中描写了很多丑恶的东西，所以被视为禁书，不得在阿拉伯图书馆流通。这个贱女人是从哪里读到这些话的呢？我迟迟不肯回家同她见面，我一再设想出所有可能发生和不可能发生的情况，但是我绝对没想到，她本人就是作者。她就是写下所有这些废话的人。

*   *   *

他绝对不关心在开始咬住猎物之前要不要先杀死它。如果一顿饭要吃很久，那又怎么样呢？他的牙齿能磨碎所有其他生物无法磨碎的东西……比如兽蹄、头盖骨和兽皮。当猎物凝视着自己的身体被咬在他的牙齿下面，同时听着他歇斯底里大笑的回声，猎物究竟会有什么样的感受呢？

第二章

　　安达卢西亚报社占据了战争街上一幢建筑的整整两层。这是一幢建于二十世纪三十年代的维多利亚式建筑，从它那古老的大镜子前走过的人——这面镜子的镜框由檀香木雕制而成，上面雕刻着小孩面孔的图案。这些小脸双颊绯红，额头上覆盖着几绺波浪式的短发。镜框已经在这里屹立了几十年，上面附着了一些尘土——很容易由这些小孩子想到有血有肉的人类，也很容易端详起这些小孩子空洞的眼睛中闪动的光泽，从而强烈感觉到几十年来在此地游历的人的灵魂正在观察自己，然后撇开这种感觉惊逃而走。从镜子前走过的人要登上六级白色雪花膏石台阶，才能来到一座古老的电梯前。在这里，他会闻到——电梯狭窄的空白处，用笨拙的字迹写着："四人以上禁止乘坐"——一股来自辽远年代和遥远空间的人类的味道，或许他侧耳细听，还会听到有人对他说一种不知是什么语言的外国话，接着，就像开始时突然发声一样，这声音又突然安静下来。

　　已经接连两个晚上无法入眠了，我凝视着电梯镜子里自己通红的双眼和已经完全发炎的沉重的眼睑，产生了一种强烈的愿望，想把那只弄得我肩膀上沾满灰尘的看不见的手，拨回到它未知的原处。我抑制住了这个想法，开始准备应对同事们询问关于"我怎么了"的答案。

事实上，我和娜莉敏已经见过面了。这是我读过她草稿以后的第一次见面。这次见面很平静，是我不曾预料到的。她在尝试了六十次拨打手机联系我未果之后，开始忧心忡忡，这让她看上去仿佛一下子老了十岁。我确定她不配同我面对面，于是告诉她，我很担心母亲的健康状况。我提高的嗓门让她感觉自己对关心和看望母亲有所疏忽，于是责备我说，她曾希望和我一起去看望母亲，我干脆地回答说，任何时候都没有人不让她去。她羞涩地喃喃说，她会一大早就去看望母亲。我高兴地点了点头，因为我一直相信，只有女人才能战胜女人。我一直梦想全世界的男人联合起来，留下那些女人，让她们薅彼此的头发，撕咬彼此的肉。她们中剩下来的人。它足以满足全世界所有男人的需要，因为女人的数量实在是太多了。

我洗澡时全程都在思考这个女人手写的那些内容。我对她的感觉在几小时内从厌恶变成了好奇，我在冰冷的淋浴下站了很久，自问道：当一个男人把女人柔嫩的臀部压在身下，进入她身体里，而女人在拼命尖叫、呼喊求助时，这个男人究竟是什么感觉呢？这样粗鄙的场景，这只昆虫是从哪本书里誊抄来的？这页粘贴好的纸片看起来确实像是从某本古老的原稿中誊抄过来的。让我去研究数十本可能会找到与之类似言语的参考书，对我来说似乎极为困难。我认为原稿不可能是我读过不止一次的《一千零一夜》，也不可能是艾比·法拉吉·埃斯法哈尼的《歌曲集》，或是伊本·卡希尔·库布里的《等级阶层》，或伊本·哈兹姆的《鸽子项圈》，或贾希兹的《动物》。它一定是那些乏味的遗产书籍，比如那本可怜的《贵族的死亡》，里面只写了谁哪年去世、谁不是死于麻风病而是死于偏瘫；也可能是那本《返老还童》。既然无法获知答案，我最终选择给她的草稿拍了照，把照片拿到易萨姆·辛瓦尼面前，佯称这是我在办公室的垃圾桶里发现的，我确实把它折出了很多皱痕，就像是从垃圾桶里带过来的一样。

易萨姆·辛瓦尼双眼扫过这张纸，同时笑容越来越灿烂，赞许有加地舔着嘴唇，一口气扫完上面的所有文字。他沉默了几秒钟，然后就像被我供养在家里的那个女人用眼睛默读一样，仔细阅读起来，随后仿佛是在聆听乌姆·库勒苏姆[1]咏唱长诗《这是我的夜晚》，说：

"天啊……天啊！"

我觉得他无聊透顶，说：

"您觉得这是从哪本书抄来的呢?

"贾玛勒，真的，它誊抄的这本书我还没有读过。事实上，我真希望能读一下。当然了，你不可能是这些文字的作者，作者也不可能是我们任何一个同事，我十分了解你们的能力，或许……"

"不，这是从某本古书上抄来的，我是说从那些遗产书籍上，有可能是《返老还童》。"

"不，不是的。不是从任何地方抄来的。贾玛勒，是你把它丢到垃圾桶的。它看上去像是某个作家的一页小说手稿。"

他沉思地补充说：

"这些字迹非常新，墨水还没有干呢。"

我竭力压住满腔怒火，大喊道：

---

[1] 乌姆·库勒苏姆（1904—1975），埃及著名音乐家，阿拉伯世界最知名的歌星。

"您是指某个女作家？"

他用嘶哑的声音大声说：

"贾玛勒，不一定的，你难道没有听过福楼拜的呐喊吗？他说'我就是包法利夫人'。你肯定读过很多关于大文豪如何用女性口吻写作的书。"

接着他扬起手中的草稿，远远地凝视它：

"再说了，这份手稿非常好，我至今也没看到报社里有谁能写出这么棒的文章。我敢肯定，这个作者应该出版这部小说，他真是个天才……"

事实上，那些字迹就像画画一样，类似于阿拉伯小楷，不过清晰地加注了标点。我感觉像是被易萨姆·辛瓦尼用满满一桶碎冰碴扇了一个耳光。我怎么没有想到，哪怕是曾有一丁点儿的想法，她可能就是这些文字的作者呢？她难道不是文学院毕业的吗？我不是碰见过她在如痴如醉地用古英语给人朗诵莎士比亚的诗句吗？她不是获得了学士学位吗？她在同我坠入爱河之前，还曾计划在大学里做助教，然后准备读硕士再读博士，是我阻止了她这些想法。但是我忘记了自己曾给她准备了几捆书籍和参考资料，在这个安静的家里，我只是回来吃饭和睡觉，几乎不会去触碰这些书，此外，当然我还给她提供了充足的时间，好让这个贱女人在这些时间里凝望自己病恹恹的影子。

我被易萨姆·辛瓦尼的声音惊醒：

"贾玛勒，把这个照片拿给我。"

"我手上有原稿。原稿就在我手上，手写这些文字的人就在我家里。"

我几乎要哭出来了，像唱歌一样在心里反复说着这些话。

我准备下楼。我站在一层大厅的问讯处前，等着取包裹，可能会有更多我没有读过的书和更多的读者来信。我看着入口处的电视监控屏幕解闷，在屏幕里，我的鼻子更长更尖，双眼更加突出，还能看出很多白头发。我紧闭双唇。那个女人的位置不是在我身子下面吗？她不是在我身体下面展开四肢，像枕头一样让我揉碎，用拳头打，打她的大腿，咬她的嘴唇、两颊和鼻子，然后她戴上面纱遮住我留下的这些印记吗？难道这个荡妇不是把自己扔到我脚下，让我像踩踏地毯一样践踏她吗？她会写作?！我的生命就这样在这个不孕不育的女人身边流逝掉，而她却一直在写作？我正在观察自己眼中的红血丝，这时，傻大个儿哈桑·阿卜杜勒·萨布尔的手掌落在我肩上，把我拍得一哆嗦。这个白痴说话时仍然喜欢用手比画，他兴高采烈地说：

"贾玛勒，现在不是父系社会了。我们好像在一堆稻草里找一根针，不是这样吗？他们龌龊的根源是在他们的办公室里有个按摩池。兄弟啊！这是《一千零一夜》的故事。"

我好不容易摆脱他，目光呆滞地盯着印着安达卢西亚报社口号的标语牌，这还是在苏联时期印刷上的："向着勤勉的自由前进……向着建立所有时间空间里正义的伊斯兰教前进。"

只要这个女人还在我母亲那儿，我就应该飞奔回家。应该在这短短的几小时内，搜查家里每个角落，找出那只动物背着我藏匿的所有东西。我打电话联系她，以便知道她的确切位置，电话里传出她欣喜的声音：

"亲爱的，我很快就到妈妈家了。"

我咬牙切齿地对她说：

"好的，很好。等我忙完，我去那儿和你会面，和妈妈一起准备午饭吧，我们一起吃晚饭，然后接你回家。"

听到她说"亲爱的"这个词，或是类似发音、类似含义的词语时，我就会全身发抖，就像看到一只巨大的蟑螂在房间里飞来飞去一样。她如此自信而轻松地说出这些话，让我彻底怒不可遏，以至于几乎要用短棍打碎她的头骨。那圆形电视监控屏幕总是能丑化近处的事物和面孔，我对着屏幕里自己那张愠怒且因恐惧而扭曲的脸苦笑了一下，然后强迫自己从屏幕前离开了。

我把厨房一点点地搜查了一遍，包括里面的冰箱、大玻璃水瓶和炊具，还检查了床尾的长凳下面、衣橱和阳台……还有罗勒、玫瑰和常春藤花盆的下面及后面。常春藤在这只动物的照料下爬满了房屋前面的半堵墙，它的存在只是招来了更多的蚂蚁。我打开装有她的内衣及我的衣服的抽屉，还有家里所有可以上锁的地方以及所有可以让她藏匿草稿的地方。我打开办公桌的抽屉，仔细研究里面的每一张稿纸。她如此井井有条、干净整洁，并且受过良好教育，搜查起她的物件该有多容易啊。和我母亲正相反，她讨厌破旧的家具，于是一件件扔掉它们，直到让家具像镜子一样彼此反射出对方的影像。我注意到几卷 80 克绘画纸的数量明显减少了。相比报社里数量充足的碎纸头，我更喜欢在这种绘画纸上写字。我写过吗？我在垃圾桶里发现的就是这种纸，它已经被那贱女人用她荒淫的文字给玷污了。无疑，我笔筒里所有的黑色圆珠笔也快要用光了。这只蠕虫写了很多字，可是她到底把写的东西藏在哪儿了呢？她不可能把草稿藏在别的地方，因为她不喜欢去她亲戚家，一般也不喜欢走出这个家门。她有时去看望我母亲，只是为了取悦我，我知道她不喜欢我母亲。事实上，她从不喜欢和其他人坐在一起聊天，也不喜欢任何人来拜访她。我以前怎么没有注意到，她只喜欢我或者与自己独处呢？我以前怎么没有想过，我丢下她，自己来到报社和咖啡馆享受生活的所有时间里，她在做什么呢？有时我回到家，发现她在用吹风机和空气清新剂来努力摆脱烹饪和煎炒油炸的气味。在我印象中，她做家务的时间总是不够用。

座机来了两次电话，我都没有回应，不知是谁打来的。我把号码显示屏上的电话号码抄在备忘录里，这号码看起来像是从伦敦打来的。伦敦！就是说，她并没有遵照我的旨意，同她的女朋友伊曼断绝关系。那个放荡的女人看不上所有的埃及男人，嫁给了一个英国人，就为了能在大庭广众之下坐在他的双膝上，在地铁的自动扶梯上同他接吻。我绝望地摇了摇头，快要发疯了。我经常查看这部座机的通话记录，上面只有我认识的电话，母亲、两个妹妹、熟识的朋友，或是报社同事的电话。有一次，我看到了一个陌生的电话号码，便问她这是谁，她似乎对我密查她的卑鄙行径感到很吃惊，回答说：

"这是哈桑·阿卜杜勒·萨布尔，我也像你一样问他是谁，我说这不是你的手机，也不是报社的电话，他对我说他在街上给你打电话，你的手机欠费关机了。我记得当时和你说过哈桑找你。"

这个该死的现代设备，既有泄密的能力，又有掩盖事实的本领。无疑，这只昆虫每天都在删去她不愿意让我看见的陌生号码，她甚至从来不和我谈及扰乱她独处的任何事情。

傍晚七点钟刚过，我终于接起电话，冰冷地回答她：

"我今天不能去接你了。很累，就回家休息了。"

我揣摩着她持久的沉默，然后对她喊道：

"让'哈吉'接电话。"我对母亲说今天实在疲惫不堪，改日尽快去看望她，然后又补充说了一句她很喜欢听的话：

"你打车回来吧，现在就回来，别太迟了。"

当然，我说完就挂断了电话，我知道她正在等我和她说完任何一句结束语……任何一个拥抱……任何一个吻……哪怕是任何一声暧昧的呼喊……随便什么都可以。

无论如何，这只昆虫把她写的东西藏到哪儿了呢？她是疯了吗？她是像古希腊神话人物珀涅罗珀一样，整个白天都在写东西，在夜间我睡觉时，再把写的内容撕掉吗？我把每件物品都放回原处，坐在阳台上观察，等她回家。她下出租车时被自己的长罩袍绊倒了，然后，她把遮住双眼的面罩扶正。我在两年前开始强迫她佩戴面罩，那时候，我完成了一个完整的计划：先是让她戴上头巾，两年后再让她戴上面罩。现在，她正在大摇大摆地戴着面罩走路，弯下腰给出租车司机付费，转身过马路。我注意到了她臀部的轻微摆动，难过地对自己断言，罩袍——哪怕是由船帆制成的——也还是什么都遮不住。阿拉伯人不是具有卓绝的聪明才智吗？他们在蒙昧时期就已发现，只有活埋女婴，才能摆脱女人及其裸体的诱惑。我从来都不明白女人在生活中的意义是什么，那可怜生物的全部器官只适合做爱和生孩子，那饥渴的生物发明出各种类似于爱情和恋爱的幻想，并以此来破坏一切。它总是对男性充满渴望，这只是为了掩盖它唯一的目的，就是不要逾越它无始的渴望和熄灭它令全世界男人都永远无法扑灭的淫欲。当所有女人和她们的后代都被消灭殆尽，地球上只剩下一个男人的时候，他就会再次变成阿丹，接着安拉就会把他升入乐园，这时这出生活的喜剧难道还不会终结吗？

我对这个女人从未有过不忠，事实上，在她之前，我甚至从未和女人做过爱，也从没找过妓女。在和她结婚以前，我更愿意保存体力，我那饥渴的器官对我紧追不舍，它看见我年轻、高挑、俊美，笔挺微翘的鼻子显示出我充沛旺盛的精力，我一直选择从它身边逃走。如果我感觉两个睾丸里的液体快要喷涌而出时，我会休息一分钟，只要看一眼任何一个裸女的画像，或是确切地看一眼某个外表和行为被我厌恶的全民艳星弯曲的小腿，就能把睾丸腾空，让液体涌到一小捧纸巾里。我一直在想，当女人们因为性欲冲动而在床上辗转翻腾，等待满足她们那永远无法被满足的欲望时，她们为何不服从命运的安排，让自己习惯于忍受痛苦呢？这难道不是她们在把我们赶出乐园后所受到的惩罚吗？我愈发对那些像狗一样满足自己器官欲望的男人们感到奇怪，自问道：他们以前见过先知或科学家或大诗人，在固守于洞穴或工作室以外的时间里，远离这些饥渴的器官吗？

　　我知道她对我狂热迷恋的秘密在于我们结婚后的最初几个月，那时我们一起相拥探索床上和睡觉游戏的神秘世界，仿佛我们正淹没在乐园中某棵树下的小溪里。她常常在睡觉时嘟囔我的名字，这跟我在她身体上面她嘟囔我名字时毫无二致，仿佛我是神灵，她在恳求神灵不要停止给予她礼物。这个贱女人从来都没满足过。几个月后，一个无以反驳的信念悄悄溜进我的脑海，深信她每次都从我身上抽取了看不见或数不清的一部分灵魂或寿命或能量或神采，我不知道那究竟是什么。此外，她不能怀孕，仿佛我每次都将上百万个孩子扔到了水井里。在得出这个结论之后，我决定竭尽努力来寻找摆脱她的计策，直到几年前，我开始每三个月被迫与她做一次爱，完事之后，我就丢下她，让她赤裸着、饥渴地面对我的后背，以免她像血吸虫一样黏附住我。

五年前，我就从她的两眼中看出，她已彻底清楚我的想法。睡觉时她不再像往常习惯的那样，试图枕在我的臂弯里，或者从后面拥抱我，她开始逐日远离我，贴着另一侧床边睡。她已习惯睡觉时不再翻倒转身，以免碰触到我，但是我注意到她已把我的日程表牢记于心，会只在我同她做爱的短短几日前，欣然散开她揉抹了过多糖和柠檬的秀发。她对我的完全顺从，事实上令我惊惶不安。她对所有我对她做的和没对她做的事，都言听计从。她理性的平静让她看起来像是包了一层透明的壳，快要把我杀死了。此外，快要把我杀死的还有她露出可恶撩人酒窝的平静微笑、时常茫然发呆的眼神和那两只亮闪闪的忧伤的眼睛。我望着她，从她脸上能读得出，她并不怀疑我已结识了别的女人。而且，我只是把所有的事情想象了一遍，实际上并没有什么行动能力。我的想象，包括把自己献给那个女人，但其实，无论从哪方面来说，我都早已是她的囊中之物。这个女人会认为所有男人都是我这样的性格吗？这是我第一次思考这个女人在想什么或者她对生活的理解是什么。这个场景是她创造出来的吗？是她编纂出来的，还是仅仅从某个地方誊抄来的？但愿是她誊抄来的。如果她也希望某个路人从她后面同她交媾的话，那可真是个灾难。

我从不记得和她谈论过关于男人或女人或是我们夫妻关系的话题。现在，我发现自己给予她的也只是神秘和沉默。无疑，她在我广袤绵延的沉默空间里，填满了纷繁狂热的幻想，抑或这并不是幻想。事实上我满脑子思考的，几乎只有她。我有时和她讨论一些时事新闻，比如我和大多数阿拉伯人一样，对萨达姆·侯赛因充满热情，我相信他会战胜美国，我把报社里同事间盛行的传闻讲给她听，比如他有大规模杀伤性武器，其中包括小瓶生物学毒药，那些毒药被藏在陈旧的隧道下，第一次进攻巴格达时，美军的突袭都无法将隧道摧毁，而比如布什刚同美国海军陆战队分遣队进入隧道，萨达姆·侯赛因就向他们喷撒这种粉末，轻易将他们一举歼灭。我亲爱的，这正是用捕机捉老鼠的战略模式啊。新闻部部长兼新闻发言人穆罕默德·赛义德·萨哈夫 ① 在发表萨达姆·侯赛因的战争声明时，我一直在他后面鼓掌喝彩，我凝视着他的绿色军装和上面的勋章、星、兀鹰，对她高喊欢呼道：

"你知道他是'异教徒'吗？"

我的女人通常不喜欢争辩，但那天她悲伤地苦笑着，笑容的含义有些暧昧，酒窝由此显得更加妖娆了，她平静地说：

"看着'萨哈夫'的大嘴，此刻他正在发表其令人不容置疑的威胁言论，美国海军陆战队即将进入巴格达市中心，确切地说他们将首次出现在天堂广场，将第二次进攻巴格达，把首都夷为平地。那些猪将劫掠首都的财富和古迹，把巴格达分成相互对立的派系，他们将强奸监狱中的巴格达女人，最终会对萨达姆·侯赛因处以绞刑。"

那天，我轻蔑地看着她的嘴巴流畅地说出涂了毒药的预言，就像我在做完爱后轻蔑地盯着她的生殖器看一样，接着我冷嘲热讽地对她说：

"天啊！快看啊，这个人竟然在我面前说得信心十足？你

① 穆罕默德·赛义德·萨哈夫，伊拉克前新闻部部长，在美英联军攻入巴格达之前，萨哈夫一身戎装频频上镜，坚决表示"美英军队绝不可能赢得战争的胜利"。他每天在巴格达举行例行新闻发布会，被称作"萨哈夫秀"。

可真有自信，乖乖，和掌握答案的人一样自信。你以为你知道美国是世界上唯一的超级大国，而对这条令人失望的信息，他并不知道是吗？"

我完全确信，这个女人已经感受到了我的鄙夷，并且逆来顺受，就像普希金死去的公主一口吞下一块被施了妖术的毒苹果一样，可她没有死去，甚至没有永远长眠，而是带着平静的悲伤回答说："他当然知道，但他所有的赌注都是亏本的，因为胜利的文化只是胜者为王，尽管如此，萨达姆·侯赛因是个伟大的梦想家，堂·吉诃德令人们印象深刻，会赢得人们的赞赏。"

我鄙夷地用手把她的脸转向另一边，以便我不再第五次见到她。那些日子里，我连续校订了政治版面中的数十份文章、预言和电影脚本，可其中的预言完全没有实现。萨达姆·侯赛因被处以绞刑那天是宰牲节，当天清晨，我在报社大厅里高声重复着他的话，注视着他的傲慢和他对刽子手的轻蔑。绞刑架厚实的绳索缠绕在他的脖子上，他抬起曾经几乎要与天空比高的头颅。"真是个令人敬佩的堂·吉诃德！"

为什么我以前没有看出这个女人的本质呢？从我认识她起，她一直没有太多变化。和其他女人不一样，她不喜欢唠叨，甚至在拜访亲戚时，她也不会对带着孩子一起来的妈妈们心怀妒忌。她在回复我母亲和姐姐的评论时会让她们哑口无言，比如一切都出于安拉的旨意，或者一切都是最好的安排等。然后她们立马就不说话了。有一次我母亲生气地大喊着警告她说：

"姑娘啊，男人和你在一起很委屈，没有人能甘于被欺压的。"

她用同样的愤怒回应说：

"这和我没有关系，哈吉，有上百万的女孩、老处女、寡妇和被休的女人，都因为他们的存在而感到高兴。我是说我对他们所有人的后代感到厌恶！"

是什么让我忍受了这个女人这么多年？我爱这只昆虫吗？这就是人们所说的爱情吗？我没有在搜索过后把所有物品摆回原位吗？那么我为什么会被她惶恐的声音叫醒呢？她在平静地问我，是谁把她的情人藏到了床底下：你有什么需要吗？我盯着她看了好一会，真希望她立刻就被燃烧掉，我也慢悠悠地回答说：

"打火机。我要打火机。"

她看着烟灰缸和上面放着的打火机，讽刺又诧异地笑了笑，用同样缓慢的语速说：

"它就在你面前呢，亲爱的，你是太想抽烟了吗？"

"不，不是这个。是那个金色的打火机。它本来不是我的，我已经两天没有看见它了。"

她摇了摇头，于是她美丽的秀发瞬间从黑色的旧布条中释放出来，像波浪一样澎湃起伏。她有些不安，试图控制自己，让她说出的断断续续的字母彼此协调，她有些怀疑地讽刺道：

"哎。很好，你给我打电话时，我曾和你说过这个世界都颠倒了。"

她从我办公桌上干净的木质烟灰缸里拾起那个打火机——从垃圾桶里发现她的纸片那天，我找它找了很久——然后平静地把它放到了我面前。

我注视着她走向厨房，然后我开始环顾四周，自问道：这个颠倒的世界在哪儿呢？这个女人怎么会知道我搜查了所有物品呢？这个女人怎么会知道这么多事情呢？有时她的眼睛睁得很大，眼神游离到远方，以至于我几乎从她的眼中看到了有着巍峨高山和湛蓝天空的荒凉土地。于是我有些害怕，就随便对她呵斥些什么，或者从后面揪起她的头发，把她拉到床上。

我像极了捕鼠器中的老鼠，几乎到了疯狂的边缘。怎样才能找到她的手抄稿呢？我绝望地看着她的小手提包，那里面勉强能装下一个钱包和一本驾照。她自从结婚后就再没用过驾照，因为我让她卖掉了她上大学时曾经开过的红色菲亚特128，用卖车的钱支付了三菱车的首付款，这辆三菱车是我从工会分期贷款给她买的，当然她在行驶证上写了我的名字。我轻蔑地对她大喊道：

"我从来都不明白为什么女人要坐在方向盘后面，每时每刻都握住操纵杆来摇动它，就像握住男人的生殖器一样。"

她的小钱包里还有一张我的照片，还有在丈夫一栏写有我名字的身份证，上面的职业栏写的是家庭主妇，通常小钱包里还有一些埃镑。她没有自己的收入来源，我会给她买她所需要的一切东西，甚至包括她的内衣。所以女人们钱包里的现金都腐烂了，只有魔鬼才知道这些钱可以花在什么地方。报社大楼一层大厅里的监视器屏幕突然扑入眼帘，我脑海中跳出一些想法，就像一堆生锈的钉子在机器人拿着的洋铁盒中纷纷跳跃似的。我仍在盯着屏幕里自己弯曲的鼻子看，不停对自己重复着阿基米德在发现水中物体漂浮定律时反复说的话：

"我找到它了。"

今天我将放任她去写上几十页的草稿。我奔到报社大楼一层，问那个为赚薪水而签订了各方面合同条款的安保经理：

"这个监视系统我能用吗？"

他邪恶地笑了笑，像往常一样冷淡地说：

"这个系统非常老旧了，贾玛勒。现在你能够植入一个非常小的摄像头，并把它连接到电脑或者笔记本电脑上，你在人生中任何想看的时间里都可以看到它拍摄的内容。"

他的笑容在一张令人讨厌的、冰冷的脸上逐渐扩大，直到变成了没有止境的淫荡大笑。我从他的眼睛里读出，他确信我需要监控系统是为了某种特殊目的，比如说，捉住我妻子和她的情夫在一起，或者是为了和我妻子在一起时享受我情人的裸体，于是我对他强调说：

"我家里被盗了不止一次，偷走的只是文件和一些私人所有权合同，我想知道是谁偷的。"

他放荡的笑声变得更大，表情也更加白痴，他结巴着说：

"哎，这是一部居民住宅、侦探和小偷的电影啊。"

他的助手是一个彬彬有礼的小伙子，给了我一个镀金的圆球，上面刻着 M. 麦哈穆德·阿卜杜·萨米艾，还有为数不少的固定电话和移动电话以及传真和电子邮件设备，每个设备下方都写着一个词：电子产品。我向那个默不作声的小伙子道了谢，又向安保经理表示了感谢。我注视着他笑得垂下来的面容，全身心希望手里有一把锋利的刀，把他的鼻子割下来放在他眼睛的位置上，让我完全从他的嘴巴里解脱出来。

我以自己罕见的慷慨从工程师麦哈穆德那里买到了完成计划所需的所有设备，几乎花光了我一半的积蓄，但是我很开心，特别是因为买了笔记本电脑。我把它从电脑包里拿出来，警告女人不要碰它，哪怕是以打扫卫生为借口。事实上，我设置了一个她不可能想到的开机密码，这样即便我在打鼾熟睡，她也没法玩我的电脑。随后我宣布说，把那个普通的电脑留给她，我会把我所有的个人文件拷到这台电脑上。我以为她会异常欣喜地吻我，但是我想错了，她高声喊道：

"安拉啊，就是说我可以在它上面写作了！"

我气愤地打量她，向安拉祈祷她不要承认自己在尝试写作。我嘲讽地问她：

"你写什么呢？写菜谱吗？你没有笔记簿吗？"

她对自己刚才的话有所警觉，喜悦立刻化为乌有。和每次被我打击时做出的举动一样，回答完我的话便把我丢在那儿，自己进了厨房。这一次，房子的四壁几乎都在重复她的悲伤和她挑衅话语的苦痛：

"我什么都写，我写作是为了不要忘记学过的字母表。"

对我而言，这件事情不仅仅是擒获这个女人的草稿，让我可以用她的头发鞭打她几个小时，直到她自甘下贱地把头抵在我面前，声泪俱下地求得我的原谅，而是我亲自征服了她，揭开了她的神秘感。无论如何，这都是不公平的。我把她供养在家将近二十年，看到她这个样子，像囤积的西瓜一样，让我既不认识也不了解她。我对她从没有过任何负罪感，也从没因为自己对这一堆肉进行密探而感到卑鄙下作，而这堆肉只是为了让我享受珍馐才创造出来的，由此大自然应该让她比现在少一点儿智慧和少一些神秘。

我一大早就把她带去母亲家，借口说我姐姐拉齐娅今天从沙特回来休年假，全家人今天都要在母亲家团聚。她绝对不喜欢拉齐娅，总是在拉齐娅淫姝的问题和劝告面前羞得满面通红，每次都尽其所能地逃离她的长舌。同我计划和安排的一样，我费力地把她从家里强拉了出来，仿佛是在驱赶她上断头台。在车上，她一直坐在我旁边沉默不语。到了母亲家，我亲吻了母亲，告诉她不要忘记拿上锦葵时，她的双眼中闪烁着眼花，哽咽央求说：

"你早点来接我，我今天太累了。"

我母亲生气地舔了舔嘴唇，以免让自己说出什么不妥的话。我有些幸灾乐祸，冷淡地回答她说：

"等我忙完这些事就去拉齐娅家。"

她将被迫接受拉齐娅的礼物，将把新的罩袍同去年拉齐娅送的罩袍堆在一起，并且坚持永远不要穿上它。

我在心里洋洋得意地欢呼喝彩，这样一来，我把四个女人留在了一起，让她们一整天都彼此顶撞、相互抵触。我想象着我母亲、拉齐娅和哈奈的脸，这个娜莉敏将外来人的身份和平静的美丽独自沉默地面对她们。这平静的美丽会让她感到满足，却经常刺激那些女人，引起她们对她的围攻。我从苏莱曼帕夏的"朱鲁比"门前接上麦哈穆德·阿卜杜·萨米艾工程师，然后一起驶向我家。他把小摄像头植入房子里每个房间的天花板上，几乎让人无法看得到它。我发现自己只用了不超过三个小时的时间，就做成了间谍。麦哈穆德把摄像头调试成功后，又教我如何在笔记本电脑上追踪我房子里发生的一切。于是我看到整个房子静悄悄的，浸染在落日的朦胧余晖中。现在我在键盘上按下一键，就能跟随这只昆虫从一个房间来到另一个房间。我现在感觉自己像安拉一样掌控了一切，于是赶快奔向报社，以便从那里给拉齐娅家里打电话。

易萨姆·辛瓦尼生气时，他的脸就变得像饥饿的鬣狗一样。他正在大厅里用他嘶哑的声音大喊大叫，而哈桑·阿卜杜勒·萨布尔正垂着头听他训话：

"这是什么意思？新闻工作是让你揣着手机联系消息来

源，而他对你说他准备好了吗？这是说没有关系吗？呸，我待在坟墓里看到刚开启这个话题几天后陆军中校就牺牲了，腐败问题仍然存在。"

我正在埋头看哈桑收集的资料《致癌农药》，没有人知道高级官员的生活从何时开始变得同我们在书上读到的法鲁克[①]国王生活极其相似：一些对于包括生殖器在内的器官取向的谩骂，对于女同性恋者、男同性恋者和有恋童癖倾向的儿童的谩骂。我当然要把这部分内容删去，以免给报社惹来麻烦。红色晚会的可疑交易中，有大量幼女的贞操成了献祭品……他们从大型工厂和企业贩卖几乎所有国家资本，只为了满足一小撮继承人周围党羽的利益，甚至从街道上垃圾的清理中获取天文数字的佣金……民族领袖之子的盗贼丑闻，他们生活在云端之上的城市，四周被带刺的铁丝网和训练有素的狗包围住，以免居住在坟墓和黑暗地带的饥饿平民能够接近这座城市……真是一部精炼的悲剧电影！难道这个国家只生产这种拙劣的电影脚本吗？

哈桑·阿卜杜勒·萨布尔在口若悬河地讲着他多情的冒险故事，仿佛主编几分钟前并没训斥过他似的。我注意到他言辞混乱，要试着把他的话重新排序，才能明白他在说什么。他现在的问题看起来似乎是如何摆脱大批姑娘：

"吉米大叔，我不知道为什么睡觉国的姑娘愿意再次和我睡觉？她的想法为什么不能恰好和我一样？看看其他人，尝试和他在一起，这样，生活才会依然美好。吉米大叔啊，这个国家的女孩太粘人了，她们的欲望奇奇怪怪又天马行空，你对

[①] 法鲁克一世，第二任埃及和苏丹国王，努比亚、科尔多瓦和达尔富尔的统治者（1936—1952 年在任）。

她说我的物质条件，她会对你说埃及黑白电影里的对白，内容大概是：让我们奋斗吧；你和她说你们结束了和你不再爱她的事实，她会对你问一千个问题，全部问题都只有一个意思：你为什么不能爱我了？然后她崩溃了，威胁说要自杀；你对她说因为我爱上了别的女孩，她又必须知道这个女孩是谁、是否比她漂亮，或者是否比她更令我享受，只有这样她才能平静下来；你试着不要让旧的女孩杀死新的女孩，当然也不要让她杀掉你自己。你知道吗？吉米大叔，这些女孩很可怜，我拿她们很难办，唯一正确的解决方法就是，她们从没尝试过像我这样的人。很好，我已经离开她，让她去结识其他人了，不然怎么办呢？"

我端详着他纵欲无度的年轻面容。他大笑着，一对耳朵像是街头餐馆里盛放泡菜的两只小碟子，硕大的鼻子，宽大的嘴巴，尽显贪欲。他的臭袜子的味道，在报社里是尽人皆知的。他来我家做客之后，我的女人会用滴露消毒液把房子擦拭干净，再喷完一整瓶空气清新剂。哈桑住在吉萨地区一幢古老豪华建筑屋顶的一居室公寓里，在被新闻业召唤并定居首都后，便远离了他在明亚①的家人。他一个月才洗一次衣服，当然他更换情人的频率要比换袜子快。他在这个房子里度过的时间很少，这意味着每次都有一个新的女孩陪他来到这里，此外他的全部时间都是在大街上度过的。他从没和生命中遇到的任何人发生过争吵，除了这座楼看门人以外。看门人一直把他形容为笨蛋或是落后的上埃及人，不停地重复一句无聊的话：

"孩子，玷污别人家的女孩，是不会被容忍的。"

"吉米大叔，我带人一起回公寓，对别人造成影响了吗？他

---

① 明亚省，位于埃及中北部。

怎么知道我是单身汉，怎么知道我要做什么呢？"

事实上，我很想知道他是如何把她们所有人拖到这个洞穴里的。她们中有年轻的女记者、播音员和在校的女大学生，她们所有人都无疑地梦想有一天同他结婚。我差点要和他说：

"哈桑啊，女人只分为两种，一种是寻找永恒的爱情，住在丈夫的怀抱里，另一种就是妓女，不会有第三种。你用爱情做诱饵，猎捕第一种女孩，随后又把她们遗弃掉，于是她们即刻变成了杀人犯或者妓女。自人类有史以来，女人就开始从事历史上最古老的职业，她们清楚地知道，出卖肉体不仅可以给她们提供物质收益，还可以保护她们，让她们免于落入爱情欺骗的陷阱。"我决定一句话也不说，并且梦想着，希望某一天我在审查灾难事故版面时会到一则消息：费萨尔国王大街上，惊现青年记者哈桑·阿卜杜勒·萨布尔的尸体，其尸体分装在十个黑色垃圾袋中，被均匀地散布在沿街堆积的美容清洁机构的大箱子里。我当时绝对不会想到，我的愿望永远不会实现，而安拉却将实现哈桑本人的愿望，让他面对他给自己的牺牲品建议的解决方案。天堂的大门为他敞开了，却在我面前关闭了……

这次谈话后几天，有一个漂亮女孩来到我们面前，她面前的人都会瞬间被她那一双大眼睛淹没，过一会儿才会注意到她蓬松的吉卜赛人的头发和被裹进暗黑色牛仔裤和亮桃红色短工装的身段。她坐在哈桑完全正对面的一张办公桌上，让我们所有人都想起了电影《我爱情的公主就是我》中的苏阿德·胡斯尼。她露出迷茫羞涩的微笑，像电影里的公主那样大声喊道："我是阿依黛·拉姆齐。"

哈桑·阿卜杜勒·萨布尔缓缓地站起身，试图吹出他有名的口哨声，之后吃惊地结巴着说：

"她是要在安达卢西亚报社里，坐在我对面工作了吗？吉米大叔？"

很不幸，我无法提醒这个女孩提防他。我和所有同事一样，想要旁观一个有趣的故事。如果我们提醒了她，她会听我们的话吗？现在，在我看来，我们事实上像是商量好了似的保持着沉默，我们在保护我们的利益，就像男人们为了让这个社会的女人一直成为妓女和我们的婢女一样。我们经常为此辩解说："这一次我们的安拉可以给他指引正路。"或者"没有人强迫她把自己献给他；观看三部埃及电影足以让她知晓自己的命运了……"

三个月的时间，足以让哈桑把这个美女从屋顶的房间赶走，对她承认他事实上"并不想结婚"。她为了和他在一起似乎做了很多尝试，经常带着哭得肿胀的眼睛，穿着脏兮兮的衣服，顶着凌乱的头发尾随追踪他。我们亲眼看到她的崩溃和凋零，还有由于在街上跟踪他以及睡不着觉而变得丑陋的面容。我们有时幸灾乐祸，有时对她进行安慰，也有时会规劝她要好好照顾自己。猎户中会有一些和他类似的男人存在，然而我们在内心深处，对事件的结果却感到欣慰和欣喜。这个缺乏经验的小女孩是怎样领会到我们这种感情的真相的呢？我们每周二夜晚都会到剧场咖啡馆玩通宵，一天晚上，我们意外地看到她光彩照人、优雅十足地出现在咖啡馆，仿佛是那只从灰烬中重生的不死鸟①。两瓶斯特拉下肚之后，她高声喊叫着回答一个我

---

① 不死鸟：每隔五百年左右，不死鸟会采集各种有香味的树枝或草叶，将之叠起来后引火自焚，最后留下来的灰烬中会出现重生的幼鸟。在中国也译作"凤凰"，但不死鸟与传说中的凤凰不同。

们没有听见的问题：

"女孩出来工作，就说明她没有男人吗？他们要求享受我们的美味，我们就没有工作的权利吗？"

接着，她用让人迷恋地带着哭腔的声音开始问道：

"就是说，六个女人会遇到一个男人，直到去世前，你都不要追在他后面跑吗？人们啊，这是病态的，这不符合夫人们的本性，因为没有一位太太能够满意。"

哈桑面色苍白、双手颤抖地站起身，走向她坐着的小桌旁。她正同她的播音员女朋友及一个男青年坐在一起，我们只知道这个男青年正在以帮助她走出情感危机为借口，试图在她周围布下罗网。哈桑试图讽刺她：

"你说的是我吗？"

于是她柔和的笑声变成了著名的祖祖·纳比尔的笑声：

"哎，你母亲的灵魂离开你了，你准备好和我说话了吗？"

我们抓住哈桑的胳膊，同时把他隔开，咖啡馆的服务员把我们赶了出去，哈桑尖声叫喊着，声音都嘶哑了：

"真邪恶……"

她歇斯底里地大笑说：

"正常，我们所有人都不认同你这个观点。"

接下来的几个月里，我们的重要任务就是追踪这个故事的结局。对我们而言，这个故事就像是喜剧电影，而对哈桑·阿卜杜勒·萨布尔来说，则像个悲剧电影了。我们不时地听说一些阿依黛讲述的关于哈桑的故事。这个精力旺盛的、常常以战胜众多女孩为自豪的雄性动物长达数小时蹂躏她，要求她赤身裸体地站立和舞蹈，以便观赏她不同姿势在镜子中的映像。他十分珍视这些镜子，把它们填满了他肮脏房间的整个墙壁，接着，他突然闯进她的身体，短短几秒钟内就结束了战斗。这样，所有以前参观过哈桑房间的人都感到满足了，他们曾经对房间的肮脏程度表示惊讶，并且诧异屋子里的家具只有一张巨大的床和带有破裂门扇的小衣柜，此外就是覆盖了整面墙的昂贵的大镜子以及覆盖了整个天花板的正方形镜子，镜子上还有一些微弱的灯。他们开始恍然大悟："如果知道了原因，就不会感到诧异了。"

阿依黛·拉姆齐恢复了自身的平静，我不知道她是如何做到的。她再也高兴不起来了，走路时像戴着王冠的女王。她否认自己在剧场咖啡馆或私人集会上说过的一切，并在易萨姆·辛瓦尼面前哭诉，表示自己对这些言论感到惊讶，在他耳边低声耳语，那流淌着眼泪的声音让人断肠心碎：

"领导啊，这关乎女孩的体面，您也有女儿，她不会愿意被欺侮的。在埃及，除了您以外，我再不认识其他大人物了，而且我不是第一个被这个男人欺骗的女孩，他让女孩们以为有可能会嫁给他。"

过了几天，易萨姆·辛瓦尼抓住一个她不在报社，不同办公间里也没有外来访客的机会，站在哈桑的办公桌前，坚持要让所有下属都听到他嘶哑的声音：

"你听我说，夜总会达人，我没想在这里或是在任何其他地方探讨这个话题，或许你听到了对于你的交际问题的漫骂，你可以保持沉默。"接着，他走近哈桑，低声耳语，说话时显得很生气："你思考过这些事吗？我亲爱的！你对待人家的女儿就像她们是你从妓院买来的一样，你击退了她们的愿望，还要求她们保持沉默，接下来呢？兄弟啊，她是有权利的，她说过这些吗？男人没有义务拒绝享受秀色美餐？你没有想过，所有走在大街上的女孩都可能收到过你和你后代子孙的誓约？"

此后，阿依黛的愤怒完全平息了，虽然她仍然和我们在一起，但开始逐渐疏远大家，仿佛她把自己的难过和心碎锁闭了起来。然而她在哈桑·阿卜杜勒·萨布尔面前引爆炸弹所产生的滚滚浓烟却依然没有平息。所有人都在继续讲述真实的细节，他如何打碎女孩的心，她如何浪费自己的荣誉。而他们中的一些人还会自告奋勇地添加一些连故事里的两位主人公都没有想到过的场景。同我们料想的一样，哈桑并没有想威胁易萨姆·辛瓦尼，他在同其中一个人通电话时，谈论的内容似乎就是围绕这个话题来的，但是电话结束后，他把听筒扔到了座机上，差点把电话砸碎了。他一边发着牢骚——我们所有人都看出了这一点儿——一边弱弱地回答：

"白天比这个狗养的女儿还黑。这几个月里，她一直跪在我的脚下，对我说着一句话：娶我吧，你这个骗子。"

我们习惯了不发表评论，不过注意到西迪·费拉希大叔时，我们被吓得瞠目结舌。西迪·费拉希大叔已经来开罗三十年了，但仍坚持说东部省的农村方言，仿佛他是在坚持履行某种宗教义务。他粗暴地把盘子摔到哈桑面前，由于极度鄙夷而皱紧着面容说：

"你就这样吧，真的，一无是处。"

哈桑已经变得像害虫一样，女孩们连同他说话都避之不及，他也没能揭穿阿依黛的控诉。一天早晨，他在我面前崩溃的哭着说：

"吉米大叔说我为自己拍摄了和那个恶人在一起的录像带，就为了证明我是一个男人？"

似乎他无法做出这样的事来。此后，哈桑留起山羊胡须，卖掉他父亲在明亚的一费丹①土地，用卖土地的钱在费萨尔国王街上买了一套公寓，从家乡带来一个有护理文凭的贫穷女孩，然而直到他生命的最后一天，他头上一直有一个光环，既不能抓住它讲给同时代的人们听，也不能向第一次遇见他的人讲述。他们试图嗅出女孩悲剧故事的气味，但是，阿依黛的生活既不会如此悲哀，也不会那么幸福，而是在体验过生活的甘甜与痛苦之后，发现乏味的生活很容易顺利过下去。她用自己的智慧嫁给一个年轻的法国记者，一个痴迷于中东事务，在以色列把难民营夷为平地时站在推土机面前的空想社会主义者。他们这类人会周游世界，在巴格达和阿富汗机场高呼禁止不公正及对孱弱百姓的侵害。他们更喜欢休息时坐在百姓咖啡馆里，用遥远的家乡同胞的方式陶醉地摇头晃脑，然后向他们的朋友介绍自己的妻子说：

"这位让我爱慕甚至崇拜的美女，她是我妻子。"

当阿依黛·拉姆齐讲述她与哈桑·阿卜杜勒·萨布尔的故事时，他们甚至前仰后合地不停大笑起来。

* * *

在去拉齐娅家的环路上，我回想着我的女人二十年前的模样。那种迷恋，那种为了见到心上人的痴狂，那种双耳和两颊发红以及由于吃醋或是做了失去她的噩梦而愤怒，所有这些都到哪里去了？因为与她分离而掉落的眼泪、灵魂的焦灼、透明的忧伤，那些转化为忧伤歌曲中的歌词以及隐藏在诗句里的隐

---

① 费丹，埃及面积单位，等于 1.038 英亩。

喻，所有这些都到哪里去了？她是如何把我从一个为了得到她宁愿付出生命代价的人，变成一个现在愿意结束她生命的人的？人们在沙漠里建设的这些新城是什么？我从街上的一个巨大铁门走了进去。街上的树木仍然很矮，看上去像是人造的。别墅丑陋地散布得到处都是，这种丑陋是人类的手造就的。他们想要不惜钱财，建造出封建时代的帕夏那样的公馆，建好后呈现出来的东西却在任何角度下都非常难看。其实，帕夏公馆的美感不是取决于它的墙垣、田地和它周围宽广的花园，而是取决于住在那里的帕夏们本人。据说他们曾用罕见的珍品和世界上知名艺术家的画作真迹来装饰这些公馆。据说音乐曾从公馆的四面八方流淌出来，即使装饰大厅的那架大型钢琴是被锁起来的。据说他们自己曾像造型画作一样优雅地陪同他们迷人的太太到歌剧院去……

我望向拉齐娅家公馆的外墙，上面除了墙漆、镀金栏杆上的花盆、一串巨大的念珠和陶瓷地砖以外，什么都没有。墙漆的光泽几乎保持了丑陋的特点，地砖是浴室本身陶瓷的颜色，让你一直有一种强烈的小便欲望。拉齐娅的丈夫赛义德禁止在他家里出现任何塑像，理由是塑像会阻止天使进到家里来。几年前他来我家做客时，看着自由女神像、半裸的维纳斯、纳菲尔蒂的美丽头像、手握长矛的雅典娜、亚美西斯二世和长着翅膀拿着弓箭射中心灵的丘比特，便把脸转向书房的方向，而书房里也装饰着各种塑像，于是，他一直大喊大叫地说着胡话：

"我乞求伟大的安拉宽恕。我乞求伟大的安拉宽恕。"

在他的胡言谵语面前，我和所有人都目瞪口呆，惊得说不出话来，只有我的女人打断了他享受尖叫的乐趣。她从厨房里走出来，用她那提高音量后像极了小提琴声线的嗓音对他说：

"赛义德先生，这些雕塑并不是用来崇拜的偶像，它们并不叫作拉特、欧杂①或是胡白勒②，没有人会跪在它们面前向安拉祈祷，哪怕是头脑弱智的人也不会这样做。"

她声音中夹杂的讽刺让他把拉齐娅和他的孩子们拉在他身后，从我家里逃走了，身后留下被扣押在厨房的晚餐，为了准备这一餐，需要连续烹饪十多个小时……那一天，这条街上所有的看门人都尝到了葡萄叶和卷心菜包饭、秋葵塔吉锅、枸杞通心粉以及几对烤鸽子，鸽肚里面被塞得满满的，有的是大米，有的是去壳的麦子。第二天从报社回家时，扑面迎接我的是一股煎鱼的味道，一整天我都在向往一顿丰盛的正餐，甚至无力打她一顿。她的眼睛哭得又红又肿，仿佛她真的被痛打了一顿，伴随着那种火辣辣疼痛的，还有随之而来的愤怒。她蜷缩在睡衣里，就像一个已经掉入深井很长时间的孩子，清楚地知道自己什么都做不了，只有一直看着周围高耸的光滑井壁，直到死去。

*　　*　　*

他是个凶残的杀手，其他任何具有一点儿高贵或勇猛品质的野兽都无法打败他。为了生存在猛兽金字塔的顶峰，他永远都处于战斗状态，因为他是个下贱愚笨的胆小鬼——甚至连他的脑子，打个比方说，如同长在蠢男人的头上一样——于是他

---

① 拉特和欧杂，阿拉伯古代的两个偶像。
② 胡白勒，伊斯兰教以前供在麦加克尔白的偶像。

极少自己捕获猎物，而是把猛禽作为食物，用来喂食剩余的猎物。如果被饥饿噬咬住内心，他就会猎捕软弱、幼小和受伤的动物，然后一口把它们活吞下去。他讨厌白昼的光明，只有在漆黑的夜晚才会出现。

第三章

她用手背擦干眼泪，像是在某个催眠术表演中被催了眠一样，缓缓地走向电话机。她盯着电话号码显示屏上的数字看了好一会儿，咽了一下口水，警惕地回答说：

"你好。

"先生，你这样太鲁莽，我已经结婚了，你别再打电话来了，否则会大祸临头的。"

接着，她的眼睛跳闪出泪水，发出哎哟的一声感叹，你要知道这个声音有多么迷人，甚至能让石头因为她的无限爱意而融化掉！

"很好，我要叫来电话侦探了。"

她将听筒放回远处，很快又把它拿起来，再放下。

所有男人都知道，世界上最令人兴奋的女人是玛丽莲·梦露，她的魅力不是因为她白皙红润的肌肤和金发碧眼，在美国有上百万名肌肤白皙红润、金发碧眼、看起来和她一模一样的女人。梦露的魅力是因为她的声音：那是一种半睡半醒的女性气质的郁郁寡欢的声音，迷失在斑斓的色彩中。由于快乐或遭受不公而高声叫喊时，所有颜色都变成了布满乌云的低吟的玫瑰色。这种声音让你在听到它的同时，会忘记了声音的主人是杀人犯还是被害人，是圣徒还是妓女；因为你会只想要把她拥抱在怀中并且杀掉她，以便让她和她的声音在你双臂间完全融化，不留下任何痕迹。

这天晚上，我要扇她两个耳光，像往常一样拽着她的头发把她拖到卧室，因为我一整天都在找她。电话当然一直在占线，整个夜晚，甚至是在她梦里，她都一直在我身旁嘟囔说：天啊，我忘了把听筒放回电话上了。女人说谎仅仅是因为她们喜欢说谎，或许是把它作为美化自己的一部分。只有魔鬼才知道女人为什么要这样厚颜无耻地说谎。她是在寻找某种机会让我免受嫉妒和免于犯下男人做的蠢事吗？所有女人都这样简单地对待我们，就因为她们是我们的母亲吗？

她解开睡衣的纽扣，盯着两个乳头看。我很惊讶，没想到自己竟然在这时候还会偷窥一个有时让我忘记是我妻子的女人。她身体的每一分每一寸，我早已无比熟悉。我不知道她是如何盘着腿坐在办公转椅上的，就像她坐在地板上一样。她看着正在旋转和呼呼作响的吊扇，眯起眼睛对着台灯的光，用巨大的发夹把编成辫子的头发固定住，俯下身在白纸上打草稿，汗珠纷纷从她头上滴落下来。她不时抬头看看吊扇和藏在里面的小摄像头，接着，她突出的眼珠追随起吊扇旋转的叶片，然后双眼闪亮了一下，仿佛她是正在追赶羊群的疯子，眼里除了羊群，别无其他。我是多么厌恶这个女人啊！我讨厌她那张表情突然凝固的脸，讨厌她被挽起的如丝般的头发和她的酒窝，我讨厌她，因为我无法阻止自己继续关注她，尽管我以后还可以观看她此刻在做什么，也或许因为这是我第一次从远处监视她。事实上，我惊讶于她滴落下来的汗珠。一直以来，我都觉得生活不再需要写作了，我被这种感觉已经追赶了太久了……在安达卢西亚报社里，没有人会注意到那些被我们——政治、新闻、调查和事故栏目的编辑——打趣称为"街头说唱者"的人。我见到文学版面编辑时，他们会把我介绍给某个诗人或是小说家，我会十分尊敬地向他问好，然而事实上，我的内心里却感到无比恶心。整天坐在椅子上写故事和逸闻，我从不认为这是一份适合男人的职业。我不知道自己从哪里得来的这种思想，就是说，男人不适合这种程度的沉思和懒惰。或许我认为男人适合写哲理或思想或者是政治书籍及神学书籍，更多的应该是科学书籍。基于这种思想，小说或者故事一直以来都是我在心里嘲笑的对象。不幸的是，我从不敢把这种想法公之于众，我应该把它透露给所有伟大的男作家和杰出的男诗人吗？

那些文学版面的编辑同事们反复表达着他们对于某部最近大红大紫、获得压倒性成功的小说的看法，他们在分析小说家的政治见解和叙述的象征意义。当我为了不显得很无知，最终不得不坐在办公桌前断断续续地阅读这部小说时，我发现自己对所有这些支离破碎当然也毫无深度的政治、经济和宗教观点感到极度厌恶。它们就像是本地面包房纵队里的面包，被平均分配给小说中的主人公们。在小说家面前，我只是感觉仿佛自己面对的是一个站在某个居民区房屋阳台上的女人，在逐一嘲讽她的邻居们，嘲讽他们的特点、行为、腐败以及他们私通的丑事，当然，她会变换邻居的名字。这个市井女人无法坦诚勤勉地追随一种思想，直至最终收获某种结果，因此她把自己诸多支离破碎的想法散播得比比皆是，并且一次又一次不厌其烦、无休无止地把它们抛出来……女人啊！我的女人此刻正在写作吗？这个女人会写作！这个从未走出她的罩袍并且从未走出我家围墙的女人在写什么？她对生活了解的什么可以让她用来写作？如果我曾嘲笑过这些有生活阅历也被生活洞悉本质的男作家们，那么我或许会对这个缺乏智慧和宗教信仰的女人所写的东西说些什么呢？有一次，她倚靠在我胸前，问起我读过的一本书，我轻蔑地对她说："好吧，我试着给你讲讲，安拉啊，这里能听明白吧。"我指着她的头，然后开玩笑似的摇晃着它。那天，我给她讲了光速，讲了万物自无始以来都被保存下来的思想。所有场景和文明的全部细节，所有谎言和背叛以及所有故事和小说也无一例外地被保存下来，其中的琐碎和伟大都被平等得以保存，万物都被永久地保存在以太中，它们都有自己永恒的专属位置，以光速遨游在太空中。我给她讲了如果记录在永恒页面中的不是全部万物，那么所有这些创造就都是尘埃，安拉创造整个宇宙，并不是为了遗失尘埃的思想。我给她讲了在某个遥远星系中存在万物的假设，比如它们生活在一个和我们星球类似的星球上，然后我停下来问她道：

"你知道这个宇宙是由什么构成的吗？"

她摇了摇美丽的头发表示不知道，于是我回答说：

"很好，它是由很多星系构成的，我们生活在一个被称之为银河系的星系里，在我们和其他星系之间有上百万个光年。那么，你和我一起假设，其中某条星系上存在和我们类似的生物，它们生活在和地球类似的星球上，然而这条星系的科学进程要比我们先进很多。你假设一下，这些生物因为拥有如此惊人的发达程度而在以这样或那样的形式监视我们，它们拥有比如你在科幻电影中看到的飞碟或是任何我们所不知道的望远镜和高级照相机。你和我一起假设，这些生物的时间同地球人的年龄相吻合，至今已有五千多万年，那么他们的高级相机现在要拍摄些什么呢？"

她显然感到有些震惊，低声回答说：

"或许我们的星球直径是统一的，它正在逐渐消失，去给黄金的埃及像第一任法老那样加冕。它将淹没在无与伦比的太阳所映射出的纯粹金色中。农民们跟在它身后奔跑，男人们的衣服极短，女人的衣衫敞开着长至腰间，祭司们在尼罗河三角洲周围饰满莲花和纸莎草①的田野上旋转起舞。从上面看去，埃及本身就像一朵迷人的巨型金色莲花，或者也许像是在法老截下的花岗岩上做的侧面雕刻，将要被放置在法老庙宇客厅的柱桩上。此刻他的双手和精神正完全沉浸其中，以至都不知道这块大石头会在他之后存活几千年……"

此时，我难道不应该注意到她沉思的微笑已经超越了她撩人的酒窝吗？

我或许会在六十岁以后去探寻她。这时，在她创作的上百本小说里，她被全世界的男男女女前后簇拥着，而我却永远失去了她。在这样的年龄，我或许别无其他兴趣，只喜欢从几堆晦涩的小说中发现一本新的优质小说。我可能会写一本评论，它会像我往常写作一样，仿佛发表的是一些空白页，不会有人注意到它，然而我将用这本书对自己犯下的总体蔑视写作的错误进行赎罪，特别是对于小说和故事的蔑视。我或许会把书籍的标题建议为小说……新的生活之书，我将在其中提及一些东方和西方的范例，但是绝不会提到我的女人。她的三部小说写了所有可以写下的有关她的内容，她本人已经厌倦了被殷勤款待或被突然攻击，或者对于她的某部小说的反对评价。十年后，我已读过了自己写的东西，能够理解那些曾经被我嘲讽过

---
① 纸莎草，古埃及造纸原料。

的人们，他们在所有宗教、哲学、逻辑学、神话传说以及枯燥的科学主题的书籍中写的关于生命和死亡的内容，是我以前所不能理解的。我或许会放弃所有生活乐趣，其中包括为了探索那些我并不知晓其在地球上确切位置的国家、人民和街巷而去旅行的乐趣，但是我要拥抱人们不同寻常的伤痛和我与他们大笑碰撞出的铿锵声，我会习惯在仰卧睡觉时翱翔在我房间的天空上方，一口吞下那些睡美人们。

　　一切都是从试图仿效她开始的。我开始用眼睛阅读，绝对不像以往那样活动嘴唇。我完全沉浸其中，直到被我供养在家的那半头母牛——我娶了她，相比同娜莉敏结婚而言，这大概是安拉做出惩罚的经典案例——在我面前大声嚷叫着她永远在说的内容。她说我为了读故事或小说，一直像个不孕不育的女人一样仰卧着睡觉，电话铃声或许打断了她的叫嚷，于是她继续说着开始时和我说的那些话，抱怨她的某个邻居或者她在百姓餐馆卖红烧鸡腿的大嗓门的侄女："姐姐啊，她整个白天都在做那个低贱的工作，对我和两个孩子不管不顾，我们只能捂着头，躲着她。"接着，她又发出一阵极为粗俗的狂笑，补充说：

　　"姐姐啊，已经有65年了，就是说，可以解放了，就是说，让人恶心的生活结束了。"

　　她突然抬起双眼，直接注视着我的眼睛，我是指那个小摄像头。她当然不会注意到它的存在。她现在正注意到自己周围的什么东西吗？我一面试图伸展因久坐而变得僵硬的脊背，一面看着她，仿佛她是我家里一具陌生的躯体。她好像被包了一层透明的膜，我不知道这层膜是由什么构成的。她的眼睛是墨黑偏绿的颜色，当我盯着她的双眼看时，它们就会变得像两个水晶球一样，反射出奇异的光芒。我感觉在我和她之间，隔着上千个场景、人、声音和密集的暴风雷鸣，还有陌生的床铺、风沙和彷徨的邪恶或美好的灵魂，而灵魂中那些美好的部分，几乎会让石头融化……我和她的距离有多么遥远啊！现在我就这样直视着她的双眼，它们一动不动，连睫毛都没有眨一下，刚好十分钟过后，她闭上了眼睛。现在，她就像怀抱着一份液体，担心这些液体会有一丁点儿洒漏，极为缓慢地闭上了眼睛。或许这就是我开始发生变化的那一刻。谁会相信，在失去这个女人以后，我将只用这双一直注视了我十分钟的眼睛去看世界，而这十分钟，仿佛是永恒那么久。

当我母亲去世那天来临时，我的精神已经在我的女人离开后完全萎靡不振。在母亲的最后一个夜晚，我应该一直守在她的床边，让拉齐娅轻松一个晚上，让她家里的丈夫和孩子们放心。自从母亲脑血栓又得了癫痫卧病在床后，拉齐娅就休假回国，一直在照看她。我让母亲倚靠在我胸前，按照拉齐娅的嘱咐，给她喂了早上的第二份药，接着我就躺在了拉齐娅给她自己准备的折叠床上。我不记得过去了多少分钟，直到发现母亲不行了。那时，我的大脑就这样一片空白，仿佛它是一片废墟，里面没有一丝拂动的空气。我没有一点儿悲伤的情绪，脑海中也没有浮现出母亲以往健康、欢乐和辛劳忙碌的场景。我看着面前这具半身不遂的躯体，仿佛它一直以来就是这样的。突然她的眼睛僵住不动了，脸部变成了可以让某个小说家用来描述邪恶女巫容貌的范本。她长叹了一口气，白色口沫淹没了她的双唇。母亲摇了摇头，似乎在回答一个并没有人向她提问的问题：

"对的，对的，女儿啊，我把一坨红色的肉块扔到了伊姆巴巴桥下的垃圾堆上……是的，是的，我本想挖一个坑，把它埋在坑里……是的，我每天晚上都会在梦里看见迷路的野狗正在吃掉它。我亲爱的。宝贝啊，那是贾玛勒的弟弟。"

接着，母亲不停呼唤着：

"贾玛勒……贾玛勒……贾玛勒。"

我没有把手伸给她，也没有试图让她感觉我在她身旁，没有让她知道她把秘密倾吐给了我，而不是拉齐娅。我一直睁大双眼看着她，仿佛我在看向无边无际的天空。我不知道她去世的确切时间，也没有像埃及电影里演的那样伏在她身上痛哭，而是不得不将这漆黑深夜里的任何一个时间提议为母亲过世的时辰。我悄声对亲戚们说："母亲是在晨礼时间去世的。"当时，我感觉自己在折叠床上的双脚变得僵硬，内心里不愿意靠近母亲为她合上双眼，或是给她恐怖的脸遮上盖脸布。我不可思议地挪到了门外，坐在公寓大门后面，完全像是要逃离母亲，更像是要逃离生活本身。我不知自己点燃了多少根烟，我把它们丢在瓷砖地面上，让它们自行熄灭，看着它们吐出最后一缕烟雾。我终于用力把自己拖回了房间，拾起电话听筒，冷淡机械地回答着拉齐娅早安的问候："节哀。"

母亲生病期间，拉齐娅一直熬夜奔波于自己家和母亲家之间，因此喉咙已经沙哑，不时发出咯咯声。她用一声尖锐的惊叫清了清喉咙，然后开始不停地重复说：

"什么时候？什么时候？我被撕碎的命运啊，我离开了我家和家人四个月，而只离开母亲一个晚上，她就去世了！"

我同样机械地回答她，并没有注意到自己说话的内容，也没注意到我将要挂断她的电话："赞颂全归安拉。"

安拉是多么偏爱拉齐娅啊！她不会终生被母亲临终前说的谵语紧追不放，不会一直试图破译它的密码，也不会转弯抹角

59

地向所有同母亲相识的邻居、妹妹、亲戚询问同一个问题，而这问题本身已经成了折磨我的永恒梦魇。在父亲短暂的生命中，母亲怀孕后自己堕了胎，把她的儿子扔到了垃圾堆上吗？她是从哪里带来的这个孩子？拉齐娅永远不会遭受痛苦，寻找一个她不想得到的答案，尽管她在一直找个不停。所有人都不要监视逝者的秘密，难道这不正确吗？我一直在朋友和熟人面前伴称，有一次我在一本注释书籍中读到，不要议论逝者的秘密。如果答案像所有人确信地那样，由我父亲导致的母亲经历的所有怀孕，最终结果是生下了我和两个妹妹，那么在我父亲去世后，当母亲还是美丽少妇时，她曾经怀过孕吗？和谁、什么时候、在哪里呢？无论发生在哪里，我只记得她和我在一起的往事，确切地说，只是和我在一起。从我读中学开始，母亲便计划在拉齐娅和哈奈的乳房刚开始耸起时就远离她们，不让她俩同母亲及我的境遇相牵连，仿佛要摆脱长期与她如影随形的耻辱一样。那时，我在学校放假期间做过各种工作，召唤从伊姆巴巴到解放路和解放路到伊姆巴巴之间的小型巴士，做咖啡馆服务员，之后稳定下来，连续三年在夜总会负责清洁醉汉丢在小桌子上的下酒菜和果壳纸屑，擦干他们喷在那些竭尽所能舞动身姿的三流舞女身上的口水污迹。她们换衣服时，唯独在我面前不会感到羞愧。她们的衣服总是越换越难看，颜色鲜艳，闪闪发光，和她们隐藏起面容的浓妆艳抹的身体十分相配。我所知道的事情，她们也是知道的，于是她们伪装成醉汉们的玩物，但有时，她们也会像彼此间聊天那样市井气十足地谈论那些醉汉："蓝制服出现了，他在想自己是正道的指引者……"

我几乎可以统计出夜总会主力军的所有职业，这些职业大体相似：赋闲的前富翁，汽车代理商，铁器和油漆店店主，超市老板，这些人从不学习，也从没感觉到足够的痛苦，哪怕一次都没有停下来去思考自己周围的世界或询问任何事物。他们在关闭店铺前，会仅仅工作一小时，不会多也不会少，收下卖东西的钱，支付掉买东西的钱，把得到的利润装进衣袋里，然后奔赴夜总会，去完成他们的基本工作，就像是永远得不到满足的欲望的奴隶。尽管如此，他们还是十分聪明，因为他们小心翼翼，在任何情况下都不要从当下醒来，这样才不会在镜子里看到自己然后崩溃掉。他们仿佛是用盐做成的雕像，正值五月，他们突然把雕像竖立了起来，暴晒于不可战胜的太阳下。醉酒的男人们永远不理解，为什么舞女中有人穿着长袖的舞蹈服，肚子和整条大腿却裸露在外面，或者有人裸露着胳膊、胸脯及腹部，却遮住了小腿和大腿，就像是美人鱼。这些醉酒的男人们不知道，在他们落座夜总会的背后，有一套完整的舞女服装设计产业，为的是不把她们的缺点暴露在他们眼前。这些男人们什么都不懂，只是继续把他们的口水倾倒在小桌子上。他们常常搞不清楚状况，于是花生粒和羽扇豆会被他们错扔到其他人张开的嘴里，在各个方向飞散开。我必须要从喧闹的地上逐一拾起豆粒，而无耻的光线却时而闪烁时而熄灭。

拉齐娅从来也不会受到这种折磨，她在看到了电影《禁令》的一个场景后，赶快去关掉了电视。她仔细观察着法蒂娜·哈麦玛的脸，将它同母亲的脸庞相比较，惊讶地发现二者的脸庞和境况是何等相似——优素福·伊德里斯探测深度的境况——法蒂娜·哈麦玛声音颤抖地痛哭着说了一句让上百万观众为之动容落泪的话："亲爱的，马铃薯的墙壁就是原因。"

自从我生活在这个梦魇以后，即便我像娴熟的国际象棋运动员决定把某个兵卒从一个棋盘移向邻近棋盘那样轻松地找到我问题的答案，当然也不会对我产生太多影响。母亲去世大约十年后的一天，上午九点钟，我被一阵长长的手机铃声吵醒了。头一天夜晚炎热，我只睡了短短几分钟，像任何一个对酣睡心生担忧和恐惧的中年人一样，我也生怕自己会在酣睡中死去。

"阁下是贾玛勒·易卜拉欣先生吗？"

"我是。"

"您是拉齐娅·易卜拉欣女士的弟弟？我们是从通讯录上找到的。我们在萨拉赫·萨利姆街上，路过展览馆门前，您的姐姐遭遇了一场车祸，我们把她救了出来，我们叫了救护车，愿安拉赐予她平安，我们联系了她通话记录中最后一个名字，就给您打了电话。但愿安拉保佑我们顺利，救护车和警察都不相信我们，现在车子开动了，路上的时间很紧张。"

那个做好事的人不停地讲话，说"别无办法，只靠安拉"和祈求安拉，他用的是拉齐娅的电话，对他而言，这电话是免费的。我从睡梦中醒来，对灾难心怀恐惧，可他并没有给我提供什么信息，而是在唠叨着他做好事的善举，以至于我对在他声音中捕捉到的欣喜颤抖更加厌恶，仿佛他在像女人一样发出欢呼声：如果我今天没有偶然发现你姐姐差点死去，我所有这些美德就无处书写了，或者当死神伊兹拉依选择了拉齐娅，而没有选择他时，是他让他的灵魂拯救了拉齐娅。

我在艾因·夏姆斯专科医院追上了拉齐娅，不知道自己是如何做到的。她自己端坐在床边，我再次独自一人目睹了她在我面前死去，因为她的丈夫和孩子都没能在这样早的时间里接电话。她牢牢抓住我的手，握手的有力程度，让我无法相信她会像医生说的那样，不久之后即将死去，但是她的声音在我听来，仿佛来自一口没有空气的深井。

　　"吉米，我没有从她那里回来，你知道我在每个先知诞辰日都会去看望她。吉米，你要知道我很高兴就要见到妈妈了。你们所有人都知道，你是我们中和她最亲近的人，是她最偏爱的人，然而事实上，她是我唯一的亲人，我也是她唯一的亲人。自从她在一个漆黑的夜晚生下我，很长时间过去了，当我五岁的时候，她把自己逼到了绝境，要把东西扔到我们住的第一条街的垃圾堆里。她走过整条街，泪如雨下。她一直在和我说话，其实她是在自言自语……她说世界上所有的太太们都是这样的吗？每个看到她的人都想和她一起睡觉吗？你想想，所有人都为了他留下自己的女儿，抚摩她，梦想得到她，这样看着她，讨好她，否则怎么办呢？这就是我的命运吗？我没有做好供养第二个家的准备，没有做好和他一起生活的准备。

　　"当时，我知道支撑在她肚子上的那个塑料袋，就是她病了三天的原因，是它导致了母亲出血，鲜血把她的床垫和浴盆都浸透了。我长大以后才知道，那是我们的弟弟，我们把他扔到了垃圾堆里。吉米啊你知道吗，我这一生都不喜欢爸爸，甚至不知道要怎样面对他！"

　　这是拉齐娅生前说的最后几句话，她说这些话时，仿佛是在承认自己犯下滔天罪行，并且一生都在隐瞒它。对这个男人的厌恶似乎也是我的终生要务，我甚至还创造出一些或许并不属于他的厌恶他的理由。我曾对自己感到诧异，也诧异于同母亲及两个姐妹一起讨厌他的程度，尽管我并不是她们那样的女人。

　　我承担了属于自己的那份痛苦，因此对于母亲临终时那些谵语的答案并没有感到十分惊讶，因为它这个世界上可以获得的唯一合乎逻辑的答案。我脑海中从没想到过这个答案，而是创造了所有可能和非可能的扭曲的场景，并且杜撰了或许连母亲都不知道姓名的主人公……她在学校的同事……查水表的……那个住在我家楼下可怜的八十岁的欧洲弹棉花匠，母亲一直很同情他……我们街角店铺里的大肚子屠夫，他摇摇晃晃地把肉递给母亲，我永远无法理解他每次看到我时露出的白痴一样的笑容，他总是用舔着大麻烟的声音大喊："早上好，医生！"我从学校回来后，冲到母亲面前，对着她拼命尖叫："我不想去看医生，你不要再对他说医生"……动物园里的羽扇豆商贩盯着母亲的绿色短连衣裙看时，我记得他是如何两眼放光，双唇突然涌出好色笑容的……我学校的那个校长，母亲请求他原谅我们延迟一个月交付学费，而不要把我从早晨的队列中叫出来，让我在同学们面前难堪……我们的邻居，一个年轻的新娘，我们曾等着她从半掩的门中走出来，观赏她装饰着小小红色玫瑰花和巨大紫罗兰色羽毛的漂亮丝绸礼服。她禁止她丈夫向我们问候早安，屋子里所有人都能听到她对丈夫的高声呵斥：哎，寡妇当然是独自一人，你像所有男人一样，就喜欢做好事，我早晨醒来看到被压坏的砖头，看到你在给她帮忙，我的神啊，不要这样，不要和她打招呼，不要和她说话……我小学五年级班里同学的父亲，他来到我家，对着我母亲大喊，控告我打破了他儿子的头，然后我奔向母亲的怀抱，让她保护我……

我现在不想到母亲的墓前请求她原谅我对她的猜疑，只想完全听从于我所拥有的这个残破的灵魂。无论如何，我并不是这个灵魂的创造者，或许我这种过分顺从，是我对娴熟的国际象棋运动员的唯一惩罚。

* * *

在鬣狗的狩猎之旅或统领和指挥部落的旅途中，会有畜群相互残杀，会有某只鬣狗受伤或身体虚弱而无法与畜群的其他成员一同奔跑，于是他们丢下他继续前行。然而当他们从旅途中返回时，永远不会忘记依据精确地图的指引，找到他的位置所在，然后一口吞下他的残躯。

第四章

两个小时过去了，我读完了好多页。整整两个小时里，一切都静止了，仿佛我度过了整个世纪，只有她的双眼不时抬起来注视着呼呼作响的风扇。我有一次读到同纳吉布·马哈福兹的对话，已经不记得他是如何回答对话者提问的了，但我对关于写作仪式的问题记得很清楚。我在考虑明天拆掉那个可恶的风扇，它上面的灯是用白莲花形状的高脚杯托起的，我可以借用任何理由，比如我对她说："我会把风扇换成空调。"或许盯着风扇旋转，就是这个女人的某种写作仪式吧。工程师问我想把小摄像头放在哪里，而我其实只有一个目的，就是要阅读她的手稿。我不知道这个被我供养的女人在我不在家的时候整天都在做些什么，她坐在哪儿写她那些废话，她在哪休息，都和谁讲话。但是，我回答工程师时完全在说谎："我想知道当我不在家时，我家里发生了什么，我想监视我所有的东西。"于是他刚好让其中一个摄像头悬挂在了不超过他身高位置的上方，以至于我只能从隐藏在衣橱角落的装饰孔雀里的摄像头，来窥探卧室的一角。在我到家的几分钟前，她曾来过这里吗？一阵手机铃声响了起来，唤醒了她和周围鸦雀无声的沉默。她的手机开始在写字台上叮铃作响，发着微光，把我吓了一跳，她也吓得一哆嗦，仿佛从为她打开的坟墓里站起来一样，当她试图回到椅子上时，差点跌坐在地上。无疑，用这个奇怪的姿势坐在带轮子的高脚椅上面，两条腿的肌肉一定是紧绷的。她从地上爬到了写字台旁，躺在地板上，张开两条美丽的大腿，这大腿里的褶痕都被我记得一清二楚，接着，她开始抬高并弯曲双腿，大约持续了五分钟，随之一同升高的还有我的感情："我是多么厌恶这个女人啊！"煮茶器里的蒸汽正在袅袅升起，她像猴子一样跳起来跑向厨房，把她写的纸张全部忘在身后，但是她很快就回来了，把她所有的手稿收集起来，小心翼翼地整理好，然后重新坐下来，从耳后抽出一根香烟，就像本地面包房的师傅一样。我确定这根烟是我的。我曾将香烟数量持续减少归咎于自己吸烟过度，其实我知道她在背着我吸烟或者是试图学着吸烟，可是我相信，同她开启这个话题将会赋予她就此同我展开讨论的某种权利。我曾很享受地看着她蜷曲在对香烟的迷醉里，同时我也在以规劝的方式谈到这个社会对吸烟女性的看法以及在社会认知中这类女人与妓女和舞女的关联。当她把香烟放在闪亮着可可脂的唇边，然后看向风扇的叶片，仿佛是在捕捉尚未写出的其他场景，同时从鼻中吐出一缕烟雾时，是多么撩动人心啊！她没有看向自己写的东西，而是直接把烟头扔进烟灰缸，然后转向我的写字台，平静地抽出一卷《一千零一夜》，把她的纸张放在里面。我感到一阵头痛，用手拍打着额头，我怎么偏偏没有在写字台上寻找她的手稿呢？这只昆虫会嘲笑我的智商吗？她并没有把手稿藏起来，而是极为简单地把它们同阿拉伯图书馆最珍贵的藏书放在一起，特别是放在了只被我当作装饰品的书卷集的角落。她怎么知道我此生永远不会考虑再次翻开这些书卷呢？似乎这很容易知晓，因为我在家很少翻开任何一本书，只是会在我的客人面前吹嘘这个书房，她一定是看出了我这一点，即使我需要回头翻看《一千零一夜》的某部分内容——鉴于我的极度吝啬——我会翻开客厅墙壁开放式书架上的廉价平民版本，而不是隐藏在书柜里的豪华书卷集。这个书柜是由山毛榉和橡木制成的，它本身就是个艺术品。书柜的前面是玻璃，在空格的前面，摆放着一些工艺品，比如说从卢克索买来的花岗岩帆船，从威尼斯圣马可广场的码头上买来的坐着贡多拉的一对情侣，还有我从印度带回来的雪花石大象，雅典的维纳斯雕像，我从纽约带回来的自由女神雕像。当然，在所有这些雕像中，居于统率地位的还是我从库尔德斯坦的市场上买来的埃及作家的黑色巨型雕像。她小心地把一些纪念品烟灰缸和一只前段时间前刚破产的一家公司的宣传品钟表重新放回了原位。

她穿着短裤和敞开纽扣的宽松衬衫，把布兰诗歌[①]的唱片开到很大音量，从厨房里抓起抹布，随着歌声一起旋转，把家具擦亮，仿佛她正置身于查理·卓别林无声电影中的某个场景。接着，她在厨房消失了几分钟，小跑回来把电话听筒放在座机上，之后又去了厨房。

一个小时后，她走出厨房，把那张我从未听过的 CD 唱片放回原处。她身上裹着浴巾，头发上还滴着水。她将走进卧室换上那件我偏爱的敞怀的蓝色睡衣，我将忍受自己对她在双耳后面放的"鸦片"的两个点的抵抗，直到完成自从今早她拿起电话听筒和坐下开始写作时我便已决定好的计划，我要在回家刚一进门时，就在她脸上用力地扇耳光。

---

① 布兰诗歌，音乐家卡尔·奥尔夫的交响诗。

*　*　*

在安达卢西亚报社，如今已不会再有人去档案室，所以，
档案室基本上名存实亡了。于是，我们常常在那些档案资料上
吃肉丸馅饼和廉价的大虾三明治。十五年前，我们总是剪下消
息来源并把它们小心翼翼地分门别类，然后将这些档案资料放
在我们头顶上方的位置，因为我们确信还会需要——这是无疑
的——回来重新翻阅它们。报社实施了禁止吸烟的规定后，在
有关人士的推动下，这间档案室变成了吸烟室。在这里待上一
天，沉浸在大作家策划的无穷无尽的选题中，会赋予我写出热
门审慎的调研报告的灵感，这种调研直到今天仍是我们向其他
报社夸耀的资本。如今，一切事物都呈现在互联网上，我完全
确信，纸质媒体完全消亡只是时间问题，我们将成为纸质媒体
没落的见证者，那时，历史学家将会记载下这份职业，提起它
时就像以前的人提起制作红毡帽的匠人，或是马穆鲁克王朝时
期敲着鼓巡游的宣布素丹即位者的职业，或是鸡鸣时分喊人吃
封斋饭的职业一样。喊吃封斋饭者仍旧游走在开罗夜晚的街
头，只是他微弱的声音会遗失在电视频道纷繁的声音里，包括
喧闹声、舞女的笑声和通常被称为靡靡之音的歌声。每天都有
数以百计的读者在他们的博客中写下热门文章，写出比呆坐着
的职业作家更具禀赋和勇气的文章——自我睁开眼睛开始阅
读时起——它们会被刊登在国家的、反对派的或是独立的报纸
与杂志的专栏及角落中。我知道如今没有人会阅读这些文章，
我知道连他们自己也不会读他们同事写的东西，除非有人在一

行或两行文字中提到了他的名字，这时他才会赶紧取来这份报纸或杂志，将它珍藏在书房里。那些看不到这一切正在走下坡路的人，事实上是他的视线出现了严重问题。高级记者们现在正急于寻找不会消亡的职位，比如政府机构或是国际组织、大使馆或国有报社海外分社里的一些重要职位，而小人物们则开始越来越多地在电视台预订席位，致力于把写作转变为口头交谈。当然，哪怕有一丁点儿微弱的勇气，他们也不会广而告之自己的先锋作用。

易萨姆·辛瓦尼在调研部门的会议上用他嘶哑的声音大喊大叫，仿佛他已经从我们的脸上读到了这种确信：

"兄弟们，你们正在努力毁掉这个职业，一篇调研报告从头至尾没有一个词出自记者先生之口，这是什么意思？是因为记者大人把他的语言节约下来为其他报纸写晦涩的专栏去了吗？那些报纸卖三百埃镑也没有人看。你们中有人知道我们的报纸成了连老百姓也不会选择的废纸篓的典范吗？先生们啊，读者们记住的都是门卫哈桑·阿布杜勒·萨布尔和哈帖木的妻子以及服务员黑叶·哈拉姆和金字塔报停车场经理的话……"

接着，他那如同生椰枣一般脆生生的声音尖叫道：

"兄弟啊，你还有他，你读了两个有用的词，之后就形成了某种观点，写在你的调研里，再从中提炼出结果和建议，把它作为你调研的结论？兄弟啊，你们用来支撑调研报告的事实和论据根本就不存在！兄弟啊，你还有他，你们实际上是走在大街上，而不是坐在柏油路上打电话，然后就制成了沥青，写出了调查？"

他这几个月经常去外地治疗前列腺癌，药物使他神经过敏到了无法忍受的程度。丽莎在她面前弯下腰，翘起她声名在外的臀部，递给他一粒药片，他把药片一口吞下，对她扬起手，表示她可以走了。他往她身上瞥了一眼，那轻蔑的眼神，和男人给妓女支付了多于她应得酬劳的费用。然后马上离开她时的目光如出一辙。他在想，她现在要去找那些真正身强力壮的男人了，好让他们继续提升她的地位和阶层。

两周前，他曾在人事主管面前大喊大叫，试图把她调离他的办公室。人事主管一边仔细倾听他说话，一边看着他对女记者同事们别有意味地眨眼暗示，而男记者同事们则不好意思地把脸转向了另一侧。人事主管清楚，易萨姆·辛瓦尼永远都不会把她和她所承载的秘密调走，即使他死了或是从报社离职了。当然，他是不可能从报社离职的，在埃及，绝对不会有人放弃自己的职位。因此他试图让易萨姆·辛瓦尼冷静下来，并不参与他的冲动决定，而是继续说着一些话，让听到他们叫嚷却不了解事情原委的人听起来像是奇怪而徒劳的答复，诸如："真的，阿凡达姆啊，一切都会好起来的。真的，阿凡达姆啊，安拉会说明情况的，很好，阿凡达姆啊，就按你说的办。"

这是我第一次感觉到内心刺痛及左肩和胳膊的沉重。我一直在关注易萨姆·辛瓦尼，仿佛他是电视剧里坏坏的主人公。当眼前浮现出《一千零一夜》卷集中的某个场景和那个有魅惑酒窝的女人写的草稿中的内容时，我就会不时地用我四分之一的智力向他瞥上一眼。现在我应该把她的草稿一页一页地誊抄在传真打印一体机上，在传真机的发明已经归于历史记忆以及我完全依赖于电子邮件之后，我只把传真打印一体机当作打印机使用。我从没注意到自己内心的刺痛，也从没注意到自己心脏病的历史将始于开始阅读她手稿的那一天。我吞下一片阿司匹林，飞奔回家，把她不超过九十页的手稿复印了一遍。她的字迹很漂亮，字体很大，像画画一样，和我在垃圾桶里发现的纸张很相似。我抑制住自己不要看向手稿，直到我把它复印好并放回原处，甚至再从家里逃出来，然后把手稿藏在唯一远离她的地方，就是我的车里。这一切动作都要在拉齐娅把我那个一直在写作的可恶女人送回来之前完成。我那个可恶的女人会写作，而我却一直在监视她，就为了读她写的东西。

丰盛的晚餐已经准备好了，十分诱人，好像她备餐的眼睛只擅长追踪电视台的女性节目和厨师菜谱似的。今天这个女人写新的内容了吗？我还没有找到时间去看摄像记录，今天在报社里，我一整天的感觉，都像公布人民议会虚假选举结果之后的公爵一样形迹可疑。餐盘中，有胡萝卜做成的玫瑰花，装饰着我喜欢吃的酸奶沙拉，绿黄瓜做成的小鸟翅膀装饰着烤肉。总之，这个女人究竟是什么地方激怒了我？是什么让我身为她的丈夫却不能猛扑向她并在她美味的笑脸上狂吻一番？她在不停地唠叨着拉齐娅家里发生的事，笑着大声说：

"拉齐娅想为她家的别墅花园买一只护卫犬，但是你知道赛义德一直在大嚷大叫，跟她说肮脏的狗坏了小净，然后不停尖叫，为什么你的狗在家里和花园里什么都摸，太太！"

她试图用她长笛般的声音模仿赛义德，但是没有成功，因为赛义德的声音深沉嘶哑，像极了小时候我家旁边让我一直很反感的一家餐馆里肉丸钵的声音。我忽然明白了，为什么我和所有人都很喜欢我女人的声音，为什么她的声音如此与众不同。简单来说，它不属于我生命中所经历过的任何声音集群，不是器械的声音，不是人类的声音，甚至也不是大树的低语或小鸟的鸣叫声，她的声音是独一无二的，因此当她的声音静寂下来，我们的耳朵也会不约而同地仔细倾听，被这声音的珍稀所撩动，即使我们是在人群中。

　　我盯着她的脸看了很久，好像我第一次见到她似的。对于她说的话，我没有做任何评论，一个字也没有说。她仍然在喋喋不休，直到发现我根本没有和她一起讨论，于是沉默下来，继续安静地吃饭。突然，她的眼睛里闪烁出我从摄像头里观察了整整十分钟的那种石化的光亮，她拿叉子的手停留在送往嘴边的半路中，叉子上还插着一块肉，仿佛她是电影中暗淡的固定不动的人像。她正看向我身后，似乎我是一片虚无，就像我不在那里并且从未存在似的。我的女人现在正在写作吗？她在我背后看到了其他场景，要继续把它们牢记在心，当我把家留给她时，她好把这些场景写出来吗？她悬在空中的叉子与我的距离之间，充斥着隐蔽在繁茂树枝后面的骑士们，他们正向着闪亮的泉水移动，从四面八方把泉水团团围住，接着，他们开始鞭打一个穿黑衣服的女人，那个女人在不停尖叫，不时地把头转向她的族人们，而族人们的头颅却在各个方向飞散开来：

　　"我不是对你们说了吗，我看到一棵树向你们走来！"

　　其中一个骑士把她的蓝色双眼剜了出来，用他的利剑检查双眼的血管，发现这双眼睛淹没在蓝黑之中，他们的头领大喊道：

　　"这个淫荡的女巫点眼药水用了很多皓矾。"

　　接着，头领把她身体的剩余部分扔给他的部下，要把她钉死在十字架上，然后继续向前走去，把她更多族人的头颅连根拔起。

　　我几乎听到了从远处传来的刀剑相击的铿锵声和男人们脖颈骨骼的爆裂声，于是我颤抖着对她喊道：

　　"喂，我已经和你说了一个小时话了。"

73

她相信我刚才真的在和她说话，更令人吃惊的是，她相信过了一个小时之后，我们面前的食物仍然是热的。我听不太清楚她在说什么，只知道她在道歉，眼睛里噙满了泪水，于是我困惑了。她的这些泪水是因为我愤怒的话语和对她侮辱的缘故，还是因为她无法理解我刚才对她说的话？我很清楚，就像我们一起面对无法抵抗的打击时，我的无能为力和她的这种无力感是完全一样的，抑或，她充沛的泪水是由于她的叉子悬在半空时写作的内容导致的？

*　　*　　*

十天前，哈奈因为生她丈夫的气而占据了我母亲的房子，因此，除了大金字塔脚下，再也找不到其他安静的地方可以让我独自阅读她的手稿，尽管那里白天的气温达到二十多度。我转向金字塔的身后，直到在远处发现一个被遗弃的地方。我就像恋爱中的男孩为了得到一个吻而带着女朋友逃出行人的视线一样赶走了数十个兜售廉价假冒纸莎草纸、五颜六色的石膏塑像、带香味的手帕和瓶装矿泉水的商贩。他们中还有人用有趣的故事和固定不变的几句外国话追随着外国游客。当一个卖纸莎草纸的小伙子对我死心后弃我而去时，我快要笑死了，他转而跟在一个金发碧眼的姑娘身后，奔跑着用俄语大喊："布利齐耶迪夫什开（姑娘，劳驾）。"我很好奇，他既不会读也不会写，是怎样学会俄语的？我赶走小姑娘牵引的老迈的马群。我很惊讶，在我之前怎么没有人注意到他们所有人都很像阿肯那顿[1]，

---

①　古埃及第十八王朝法老，他在位时期，以宗教改革为名，强制推行对太阳神阿吞的崇拜活动。

74

仿佛他们刚从法老寺庙的墙壁中走出来，一时间贪恋于这些奇怪的职业。我赶走装饰着五颜六色地毯的骆驼，这地毯制造于库尔德斯坦，其中红色和黄色最为显眼。我赶走可怕灵魂的安静，这灵魂把身体挠得咯吱痒，让人变得神经兴奋，几乎要让他休息放松下来，臣服于对女人的爱恋，让他抛出自己的怨恨和确信，把他所有黑色的精液抛向沙丘，而后重新开始。我决定把带毛皮里的毛衣拉链一直拉到脖颈。我赶走自己脑中的一切，看向我头顶上方太阳温暖的光芒，闭上双眼，几分钟后，我睁开眼，开始阅读她的手稿。

* * *

我是血统复杂的阿拉伯女奴后代，由于某种未解之谜，这个阿拉伯女奴希望将她的故事一代一代传述下去。这个故事在经过了一千四百年后传述到我这里，整个过程与传述条件十分复杂，以至于在整整五年时间里，我一直在思考我要把它传述给谁以及它的意义何在。于是我曾在早上忽视它，晚上它会对我紧追不舍。

这名女奴就是故事的主人公，故事讲述了她终其一生进行旅行的细节。没有人知道她活了多少岁，当时，女人的年龄是以时间日复一日在女人脸上刻下的皱纹计算的。这个女奴把故事讲给了她在旅行结束时碰巧遇到的她的孙女，接着她叮嘱孙女，只能把这个故事讲给她的孙女，条件是这个孙女必须是她女儿的女儿，而不能是她儿子的女儿，并且任何一个祖母在确认距离其去世只有三天的时候，才能把这个故事讲给她的孙女听。几个世纪以来，那些祖母们和祖母的孙女们说："为了避免这个故事只在一个家族中反复流传，女人们应该被分配在所有家族里，因为女人是没有头的树根。"几个世纪以来，那些祖母们和孙女们猜测说："祖母希望以此阻止这个故事传述到部族中男性的耳朵里。"几个世纪以来，那些祖母们和孙女们说："她们根本不理解祖母浩大旅行故事中的教训，也从不理解她着重忠告传述条件的必要性。"然而尽管如此，她们仍然把故事传述了下去，直到传递到了我这里，依据它的传述条件，这是多么难得啊！自从二十五年前，确切地说是在我结婚前一年及祖母去世前三天，当祖母为我母亲选择了我作为传述人时，我冷淡又恼怒地听着她讲故事，而那时的我正沉浸在莎士比亚的诗句里，我不时擦去她溅出的口水，努力抑制愤怒，以免对她大喊大叫："我不想听任何这些无聊的废话，你快带着你的故事和你疯狂的女奴到地狱里去吧！我不想要你关于和男人恋爱的廉价忠告，我不想要你把我遮蔽在那个无知疯狂的女奴帐篷下。据说她是个女巫，她的百姓已经厌烦了她在空中释放的灾难，于是想要在沙坑里烧死她，我不想要你嘱咐我把这个令人嫌恶的故事传述给我孙女或者任何一个生物。"

　　然而我什么都没说，而是整整两个半夜晚一直在听她讲故事，讲到故事结尾时，我祖母去世了。在听到所有场景之后，我对自己断言，祖母咽气去世，从这故事令人作呕的场景中休息解脱时，我就会忘掉这个故事。当时，我不是很理解某场我不知道其缘由的战争与爱情甚至与鬣狗之间的关系，然而令人吃惊的是，这个故事在四分之一多个世纪之后又回来了，冷酷地对我紧追不放。我逐字逐句地回想故事内容，除了祖母喘息和换气时试图吞下房间里所有空气以便能够把故事讲完，此外中间全无中断。那段时间我一直在想：经过了几个世纪的传述，哪些内容已经遗失？哪些词语已经消失或者已被其他词汇取代，以便后来那些祖母们的舌头能够发出这些读音？为什么有些很难发音的经过了几个世纪的斗争仍然存留了下来？在时间的褶皱以及更迭的祖母们的羞怯中，即便她们拒绝讲述在天空中伤害安拉和在大地上损害后继国王与部族男人的内容，但是，故事中的一些事件真的没有消失吗？有人在试图完成一项很快要被清算的工作时会心怀恐惧，我祖母就是带着这样的恐惧在讲述故事，突然，她的两只眼球突出，脖颈血管鼓起，甚至因为想到无法讲完故事而惊恐得血管几乎要爆裂。然后她就像那种身处大海中央，正在被凶猛的漩涡吞噬，但知道自己将会抵达岸边的人一样，用平静和确信的眼神注视着我。

现在，我了解了所有祖母们临终前即使对这个故事并不理解，也要执行全部遗训的那种迫切不安，我知道了讲述这个故事几乎成了孙女们世代传承的一种诅咒，只有把它讲述出去才能得到救赎。几个世纪以来，祖母们说："祖母的后裔有……野鸽之蓝、阿巴萨、山鲁佐德、农夫的女儿苏佳赫、萨拉玛·盖斯、屠夫的妻子乌姆·萨尔玛、爱米娜·拉姆里娅、女歌手百佳莱、图赫法·贾希黛、带美人痣的女人和凯莱白·穆莱特·塞齐夫。"我把时间重新排序，以便仔细研究她们中的每一个人，可是我发现，讨论在几个世纪里更迭的一小撮祖母，这本身就是件徒劳的事。那些祖母和祖母的孙女们说，她们在梦中看见她握着用来轰赶羊群的棍棒，用这棍棒威胁她们要执行她讲述故事的遗训。我当然从没在自己的梦里见过那个传述故事的女奴，也就是祖母们的祖母，我的祖母去世后，我甚至没在任何一个梦里见到过她。到了这个年龄，在确信自己完全无法孕育之后，我一直想知道她的遗训是如何被保持了一千四百多年的。在这些年中，难道这个祖母没有生过一个只能生育男性的孙女？难道这个祖母的某个孙女没有嫁给过一个不能生育的男人？难道在我之前，这个祖母没有生下过一个不孕不育的孙女？难道几个世纪以来，这个祖母没有生下过一个样貌丑陋或者气味臊臭的孙女，以至于任何男人都无法接近她，不敢去闻她的气味或是不敢看她一眼，更不敢同她结婚？难道几个世纪以来，没有哪个祖母在孙女长大和能够倾听她讲故事之前就去世吗？我在祖母开始讲故事时问了她这个问题，她用讽刺而神秘的语气低声说："姑娘啊，女人有她独有的道路，那条路除了她和魔鬼，谁也没有踩踏过。"事实上，我从她不容争辩的厉声断言中看出，这确确实实已经发生了，否则她作为一个不会读任何字母的文盲，怎么会知道这个故事呢？她会使用一些阿拉伯字典里没有的词汇，有时由于这些词汇已经弃用了，我还会给她纠正读音。她在对面的任何一面墙上敲击自己的头，这很符合我在大学课本里学到的逻辑。由于这个故事在一刻不停地追逐着我，我必须相信，自己是最后一个讲述我祖母故事的人，也是第一个破坏遗训传述方式的人。现在已经有不止一种传述方式被创造出来，可以让后人不通过那个孙女的方式获悉这个故事。我有一种与日俱增的确信，我自己会是几个世纪以来，在这个据说是唯一的家族中，第一个让这个奇怪的故事最终停驻在身上的人。

在四十六岁之际，我对生儿育女已经完全不抱希望，于是开始颠覆所有的可能，比如说从孤儿院收养一个女孩，或者从那些被扔进垃圾堆的私生女婴中抢走一个，那些在悲痛、贫穷和罪恶中挣扎的母亲们在孤独分娩之后，就把那些女婴扔进了垃圾堆里。我还可以盼望我丈夫再结婚并生下一个女儿，若干年后说服自己相信我就是她的祖母，使我从故事的传述中解脱出来。

不知道这个故事什么时候开始把我从甜美的梦中唤醒，仿佛它被写在了我的目光从未落到过的某份草稿上，那些文字十分清晰，我可以把它们背记下来。没有任何修辞、卷展[①] 和回旋，以至于有些无聊，它的语言令人十分痛苦，仿佛它是通过宾馆房间的墙壁彼此相互吃咬的男人和女人的呻吟，而自很久以来，一直有一个女人在宾馆的这个房间里睡觉。简单来说，这些文字在不停地把我削平，直到削成一支笔，它们只有在纸张上休息下来，才会放弃对我锲而不舍的追逐。

* * *

我不记得是在哪里或是从谁那儿听到的这个故事，姑娘啊，但是当我骑在从布尼·杰哈什的牲口圈里偷来的母驴身上时，这个故事一直萦绕在我耳畔。我试图和身后的那只绵羊保持一定距离，我把它系在母驴的脖子上，以免它从我身边逃走，否则我就喝不到它的奶了。我已经决定，除了我在路途中发现的一些干椰枣以外，我要把这羊奶当作我整个旅行期间的唯一食粮。安拉将帮助我找到一块中凹的岩石，可以让我在那里面喝水。如果这只绵羊在整个旅行中死掉了，我肯定能找到某个牛羊的乳房喂我。我的包袱里只有一件围腰布、几张大饼、一捧盐和从我路过的最后一口井中汲出的一皮囊水，以及一个不知道为什么恰巧降示到我身上的黑色预言，它本应是传达给故事主人公的。

---

① 卷展法，阿拉伯语中的一种修辞方法。

我在清晨的沉寂中辞别布尼·杰哈什的家，叶齐德·本·奥萨吉深沉的声音在宣礼的尾声中沉寂下来。姑娘啊，在比拉勒以后，我就绝不喜欢听宣礼了。他们争先恐后跑上讲台，通常是拥有深沉声音的人获胜。我进入沙漠，把脸转向星星的方向，以确定自己在朝着伊拉克库法地区行进。我应该穿越沙漠腹地来到鲁布黛、菲达、赛阿莱比、阿赛维德和有柏油路面的地方，并从那里到达库法，我将走的那条道路，和在我之后伊本·伊玛目将选取的道路是一样的。在路途的开始，我仔细倾听着自己清晰的呼吸声，它在反复讲述着那个我从几岁起就开始牢记于心的故事：很久以前，在一片森林中的僻静宫殿里，住着一位美丽的公主，她和她的情人生活在一起。人们有时称她为罗马人，有时称她为埃塞俄比亚人，也有时称她为埃及人，尽管据我所知，埃及是没有森林的，长久以来，公主在这座天堂中过着幸福的生活。有一天，公主醒来后发现她的情人没在她身边，于是她光着脚跑向森林。看到情人正在被一个漂亮女巫拉拽在身后。公主追逐着他们，一直跟到森林尽头，又跟随他们的足迹来到了沙漠腹地。她夜晚行进，日间休息，风沙撕毁了她丝绸的衣装，被风卷起的沙土吹干了她的秀发，炫目的太阳撕裂了她鲜嫩的脸庞，但是她仍在继续行进。由于困乏，她闭上了眼睛，迷了路，找不到他们的踪迹，睁开眼时，她惊恐地发现道路已到尽头。惶惑不安，她意识到自己已经大难临头。一只说着一口清晰阿拉伯语的乌鸦向她提出，可以给她指路，把她带到情人的地方，但前提是要用她甜美的声音做交换。她高兴得拍手喝彩，立即同意把自己麻鹬般的声音交换给乌鸦。她带着乌鸦的声音跟在它后面行进，加快步伐追寻他们的足迹，一直来到女巫居住的洞穴大门前。由于女巫变回了白发苍苍的老妪，公主并没有认出她，同意交换自己的青春，让老妪把她带到情人面前。于是，公主衣衫褴褛，满头蓬乱的白发和一口碎烂发黑的牙齿来到她的情人面前。情人已经被施了妖术，面色憔悴而悲伤。公主站在再次变回美貌的女巫身旁，试图用乌鸦的声音向情人介绍自己，可是那个男人拒绝相信这个丑陋的老太婆是自己的情人，于是公主立刻死在了他的脚下。在这一刹那，公主又变回了美丽的模样。情人一直扇打自己的耳光，狂笑的女巫又一次变回丑陋容貌，乌鸦不停地发出哇哇的叫声，预示着妻离子散，直到他的身体倒落在公主的尸体上而死去。

我从来都不会讲故事，姑娘啊，有些事情是发生在我身上的，但是我要对你说，你要和我一起回到你的家里。依附于男人是毫无裨益的；他们总是不停地创造各种理由，朝着安拉或是死亡的方向奔跑前进，一会儿是因为战争，一会儿是因为圣战，一会儿又是为了得到更多女人而进行的入侵。我们跟在他们身后奔忙，收获的却只有忧伤。

我从头给你讲述我的故事。你是我的孙女哈吉尔，是我女儿哈巴巴的女儿，她出生后第十天，我用一块滚烫的石头在她的肚子上烙下她父亲的名字"欧麦尔·本·欧迪"，伤口愈合后，让安拉保佑她，把她放在了布尼·欧迪家门口。她出生时，我对她的美丽感到万分惊叹，那种美丽，超出了安拉赋予我美貌的那个程度。我确信，尽管部落的所有男人粗暴无礼，但是，他们也不敢活埋或杀死这张天使般美丽的脸庞。你的祖父欧麦尔·本·欧迪在一年中七十五个形形色色的夜晚里，都在耕种着我。他修剪我的丛林，整饬没有放牧过的草场，直到把它变得更漂亮；他打开我肌肤的毛孔，直到我变成柔软的茉莉花瓣；他每次都把我被糅混的淤泥重新拉平，直到我的身体变得十分光滑。他酷爱把我的肢体夷为平地，他的口水吻遍我的大腿和脖颈，让我知道自己是一个骨骼像某座山顶的拂晓般香甜可口的女人。然后他以用剑刺穿母羚羊般的冷酷及猛烈，孜孜不倦地挖掘我的深处，他无休无止，直到把我的灵魂从身体里几乎连根拔起才会满足，似乎他总是希望在他的手掌里拥抱我的灵魂。我们在一起的最后一个夜晚，当我试图取回灵魂时，我意识到它正舒适安心地躲在他的手心里。当我的身体还没有变成某条肋骨，就像我每次希望发生的那样，他骑在我身上直到我休息放松下来时，他已把我从他身下摆脱掉，双眼惊惧地看向他手里的东西和我的眼睛，用紧握的双拳整整他的斗篷。我赤身裸体地跳到他身旁，意识到我的故事已经结束了，于是一直不停拼命尖叫："不要。"他平静地说："女人，我将追随那些男人们去参加安拉的圣战。"那天夜晚，我似乎只从这些话语中听懂了一个词……不，我没有对他说什么，比如为什么至高无上的全能的安拉还需要男人们去保卫他？我试图挽留他，于是抓住他长袍的衣角，他转过身，像踢走魔鬼一样一脚把我踢开，咬牙切齿，同时眼睛睁得很大，我从他眼中看到了即将到来的火狱。他一只脚踩在我脖子上，想要我的命，对着我吼道："女人，永远从我面前滚开。如果让我第二次见到你，我就把你这个脑袋从你身上砍下来。"

我知道，这是他现在必须要做的事情，否则他为什么紧紧握住我的灵魂，然后把我的身躯扔在泥沙上打滚，而这身躯却只能发出焦灼相思的呐喊？我试图跟在他身后匍匐前行，但是他渐渐远去，直到变成一个巨人，在漆黑的夜晚用他那抓满我灵魂的熠熠发光的手掌堵住了天际。整整七天里，我一直在旷野中的帐篷后面，像母亲刚把我生出来时一样赤身裸体。在安拉的太阳和月亮交替照耀下，我在等待升入乐园或下到地狱，对于此刻的我来说，这两者并没有什么不同。然而我没有如我在祷告中所希望的那样死去，而是被一个我不知道是什么的东西击中，好像它是一颗从高处坠落的星星，于是大地在我面前裂开，从里面走出一个既不是人类也不是精灵或植物抑或动物的东西。那是一块没有相貌、说着标准阿拉伯语的泥团，它用无论降落在何处，都会用烧灼肌肤、切碎血肉的致命皮鞭鞭打我，仿佛它的皮鞭是一把有毒的剑。你在我如今已致残的身体上看到的，就是皮鞭的标记。这个生物在不断咆哮，反复说着伊历第三十四年的历史："你应该快一点儿，你要告诉穆斯林们……这个民族的教长被杀死了，于是开启了杀戮和战争的时代，一直到世界末日。这个民族很混沌，教长留下他们分帮结派，因此他们看不到真理战胜虚妄。他们正在经历波涛澎湃、混乱无序。"

我走进帐篷，遮住裸体，感觉自己正在被欧麦尔·本·欧迪的身体覆盖，就像他面对我被偷走的灵魂，曾永远和我贴合在一起一样。我决定追随他，直到把我听到的秘密都告诉他，我也决定服从命运，它像极了那个我唯一可以牢记在心的故事中公主的命运。我为自己准备行装，以便迅速启程，同时意识到我已被一个崭新的灵魂附体，这并不是那个我熟悉的、被欧麦尔·本·欧迪抢夺在手掌里的灵魂。我像任何一个疯子一样，不停地重复说："是的，是的，我只想去库法，我心爱的人现在正行走在那片土地上。直到他把我葬入坟墓，我也不会用其他人的手替代他的手。如果我找到了通往那里的道路，我将告诉他生活是什么。"

在我面前，一切都清晰可见，安拉的土地在我眼前炫目耀眼，就连破败的宫殿和倒塌的法老寺庙的残垣细节都一览无遗。他们为了捍卫多神崇拜，创造出各种方式来捣毁先人的遗迹。我注意到这片土地上的昆虫和有毒的爬行动物都在远离我，并且不会伤害到我，仿佛我突然对生命中的一切伤害都具有了免疫力。无论我走到哪里，天空中的兀鹰和猛禽都会在我头顶上方排成一个大圆圈，一口吞下那些靠近我的生物。我知道自己开始变得能够从事故的先例中看见我想看到的东西，并且如果安拉允许的话，能够预见在事故以后即将到来的一切。现在我将知晓密友"她父亲的女儿哈巴巴"的命运。安拉啊，当我只是布尼·欧迪家的一个女奴时，每当我自问朋友哈巴巴在被诅咒和流放到沙漠之后的命运，在这片土地上的祸患接近我和崭新的灵魂在我身上附体之后，她就会出现在我眼前。我一直凝视着太阳的表面，没有眨一下眼睛，我在不断关注那些正在吃咬她的鬣狗，她被吃得只剩下了骨头……此时，我并不相信自己看到的一切，于是定睛细看，颤抖地看到那些鬣狗一片一片掰碎她的肉，一滴一滴舔舐她的血，而她仍然活着。当我确信这是确确实实已经发生的事情，当我的双眼因为对她的悲啼而变成白色，当我哀号她的叛逆和我的运气，当盼望她归来的希望落空，当这片土地变成只是撒落她的骨头的地方，当她甜美的脸庞从我眼前消失，只留下堆叠在土地上的发黄的头盖骨之后，鬣狗们把她残存的纤细骨头撒向了地面。

我决定忘记自己悲伤的名字"罗马人的女儿萨乌黛"，以便变成部族里的"她父亲的女儿哈巴巴"，而部族里的人此前从没见过她。尽管我十分丑陋而她异常美丽，尽管她与她的声音珠联璧合、相得益彰，会让人们赞美造物主创造了她和她的声音，而我的声音就像被穿透的羯鼓①声。她的鼻子甚至会诱惑女人们去亲吻，而我的鼻子，姑娘啊，如你所看到的这样，就像是枣椰林里没有栽种成功的干瘪的枣椰苗；她的一双乌黑的杏仁眼像星星般闪闪发光，而我的眼睛，姑娘啊，正如你所看到的这样，它们的黑色暗淡无光，眼睑红肿；她的肌肤如同浸润了淡红色的白色丝绸，姑娘，你不可能每天都会遇到像她这样的肌肤，而我的肌肤既不是白色也不是黑色，它是微黑的，这种微黑只可能源自罗马人的混血，他用智慧把埃塞俄比亚小女孩的面纱镀成金色。哈巴巴瀑布般的秀发仿佛是柳树垂悬下来的繁茂枝条，而我的头发，姑娘啊，如你所看到的这样，就像是枣椰林里的树叶，连我自己都讨厌去触摸它。她的全部美貌如今已经荡然无存，我在这里看到的，只有她的这些尸骨。姑娘啊，时光真是个讨厌的东西，它那宽大的火山口经常吞掉许多像她一样的美丽姑娘，而从不饱足。绝对没有人知道罗马女奴在哪儿或者和谁生下了一个异常美丽的女孩，于是人们给她起名为"她父亲的女儿哈巴巴"。她从小就在诗歌集中毁灭男人，当她弹起冬不拉时，人们只会注意倾听她一个人的声音；当男人们无法企及她时，就猛扑向她，娶她为妻，他们脚穿镂空皮鞋踢打她，于是她的诗歌只会更加甘甜，她的声音只会更加甜美，她那被男人们击打和侮辱的身体只会更加圆润美丽，直到他们满腔控诉，他们说："灾难蔓延是因为她在四面八方吟咏诗歌。"她的声音如同充满魅惑力的巨蛇般缠绕在诗歌之中，时而伸展，时而平铺，直到恋人们心甘情愿地将自己投向死神的怀抱。有一天，一个名叫萨赫拉·本·布尼·麦赫祖姆的女奴听到了她的歌咏。这名女奴正坐在自己的干粮袋上，因为痴迷

---

① 旁边附铃的单面小扁鼓。

她的主人而无法忍受思念的痛苦，她知道她的主人已远远躲开她，此刻正压在他的罗马女奴身上，于是她把干粮袋放在她眼前，她的头脑底部甚至没有发出一声叹息。与此同时，那个罗马女奴也听到了她的歌咏，于是从上面扔下萨赫拉，那酩酊大醉的主人暴怒得口沫横飞，接着，她一丝不挂地跑向骆驼群穴，那是她所迷恋的埃塞俄比亚奴隶警戒人睡觉的地方。于是布尼·艾什拉夫先生买下了哈巴巴，并从他家里把她释放出来。他很清楚她的声音会对恋人们产生什么效用，于是平静地对她说："你自由了，姑娘，我把你释放出来，是让你对你犯下的罪行赎罪的，你离开这个家吧，安拉的土地很广阔。"接着他指向沙漠说："那么，你往这个方向走吧，渡过海洋，你将抵达埃及。我们是心灵粗糙的民族，姑娘啊，我们的粗鲁无礼将无法忍受你歌咏的温柔。"

哈巴巴无法停止歌唱，于是她逃到了荒野中。人们知道，当狼的嗥叫和鬣狗的咆哮停止，高耸的枣椰林里干椰枣低垂，不适时地贡献出它的果实，或者风暴隐匿在某个地方，沙土依旧保持安静，仿佛在留心倾听人们不知道的事情，于是空气清澈，不留下一粒沙尘，以至沙漠里的强盗能够脱去他乔装时遮住口鼻的围巾，把鼻子朝向天空，仿佛在呼吸她的声音，每到这时候，她一定是在歌唱。据说星星正在接近大地，仿佛它想拥抱哈巴巴的声音，井里满盈着水，以至于他们困惑自己是在哪里贮藏了丰盈的水，于是他们把她周围的土地都当作骆驼群可以跪倒的地方，给它们喂饮充盈的水源。天空充满了微笑，它们在雨水或者骄傲滴落的泪水之间闪烁着微光。他们正在观赏黄色的山峦，在白色的云朵下重新排列山体的位置。如果从远处听到她的声音，他们会出来在云朵中间捕捉他们情人的脸庞。她的声音可以让风安静地拂过破碎的心灵，然后为它疗伤。当她的声音在夜晚的沉寂中休憩时，母亲怀中的婴儿也能清晰地听到它。他们发誓说，她的声音刚一发出，就把他们带到了此前万物从没踩踏过的顶峰，带到善与恶相安无事、并肩行走的小路上。他们爬上她声音的绳索去观察天使，这样便能够面对面地看见它们。接着，他们与突然对他们报以同情的太阳光一同降落下来，太阳光把他们放置在湛蓝的湖水中，水面上映射出那些把高贵的悲伤留在湖边然后默默离开的人们的倒影。据说她的声音能够征服野花，在她开始吟咏时便把野花的香醇永远幽禁起来。她的声音生出了沉寂，如同夜晚生出白昼一般顺畅。在中午烈日炎炎的沙漠中，倾听她声音的人能够触摸到夜晚的清凉。她的声音在黑暗的心灵中开启了最后一道光芒，没有经过大脑或是心灵，而是直接潜入灵魂。她的声音静止下来，这里与他们以往习惯的地点并不相同，仿佛是某种祷告仪式，在祷告过程中他们只会心怀恭敬，以便她继续前行，走向光明的尽头。同时，当她不在的时候，他们只会从她的太空中坠落，一边反复说着："安拉……安拉。"哈巴巴歌唱时，那些此前从没听过她声音的人们便把它与神话鸟禽的鸣啭声合为一体，然后迷失在试图锁住往日荣耀的逃亡天使的回声中。哈巴巴歌唱时，他们头顶上方空气的重量会突然变化，于是他们开始准备进行某种神秘的飞翔。他们的眼睛闪耀着强烈的光芒，这光芒可以撕裂战败者的团结，于是他们巨大的痛苦变成了喧闹的笑声。在她的声音中，所有期待、热爱、困惑、焦灼和希望都转化成了呻吟声，这些呻吟能够轻而易举地让非生物复活，在宇宙大气中驱散天空光辉的瀑布，而在这光辉里，动与静正彼此平等地相拥其中。哈巴巴歌唱时，山羊的叫声会安静下来，骆驼群的咆哮声也变得柔软，鹞不再抢夺幼小的鸡雏，死神伊斯拉菲勒在最近的泉水旁休憩，于是很多孩童在学习射击时从死神手中逃离出来，正想活埋女婴的年长老汉们也因为柔和的歌咏声而泪水涟涟。

* * *

姑娘啊，在辞别伍侯德山[1]和麦加的山路之后，我应该用二十多年的时间来穿越沙漠，以便走到近前去了解男人。我不断观察他们如何像鬣狗一样在饥饿时彼此吞噬对方，我把他们被撕碎的肢体在沙坑中排列整理好，把沙子倾倒在这些肢体上，将它们送回到造物主那里。我仔细打量这些肢体，悄声对它们说："这些人都对你做了什么。安拉将你们改良成最美丽的模样，难道它由于过度美丽而中伤了女人们狂热爱恋的内心吗？"

自从一开始被什么东西击中之后，我便不知道自己已经达到了一种新的境界，简单来说，就是除我们赞美的至高无上的安拉之外，对任何事物都无所畏惧的程度——除了人类以外，于是我遗弃了人类，变成荒野中的野蛮人，走进废墟和荒地，除了那些强行糟蹋我的人之外，我已经告别了交媾。我散发出芬芳的香气，在数个漫长的夜晚躺在温热的沙土上，不知道有多少个月份里都这样欢喜愉悦地睡去。毒蛇在我脚下发出咝咝叫声，它正试图捕获一只小鸟并想要吃掉它，而这只小鸟正在

---

① 北距麦地那 7 公里，海拔 1200 米，山石为红色。因 625 年穆斯林军队与古莱什贵族在此交战而闻名。穆斯林阵亡者皆葬于此，并修有陵墓。

88

专心致志地捕捉蝗虫并想要吃掉这只蝗虫。狼时而掀开我被磨破的长袍，时而惊惧且颤抖地看着我的眼睛，于是我迅速在沙土上画出我的咒符，狼便退到旁边去吃咬狐狸了。我悄悄对埋伏起来凝神看向我的刺猬说：

"这只狐狸今天不会吞下你了，我亲爱的，你被书写了新的生命，现在你应该一口吞掉那条蛇，把我从这该死的蛇叫声中解救出来。"

我的耳边刮起风暴，大风的声音清澈而纯净，在没有水也没有树木的荒凉旷野中，风的声音没有任何杂质。当狂风安静下来时，小绵羊在远处咩咩地叫，于是我的灵魂如同我出生那天一样，留下一页空白。我所思考的只是萨乌黛的预言，我的肩上承载着这个预言奔跑，就像从出生到死亡一直都在背负着我的这个身体一样。开始时，我所有的关注点都是去拯救那个拿走我的灵魂然后离开的男人，接着，我已经变得无法记清他的容貌，但是我已经不得不将这个预言散布到将会流淌越来越多鲜血的整个地球，荒野中的砾石、羚羊、兔子、狐狸、星辰和枣核都开始知晓我。在失去欧麦尔·本·欧迪，我完全独居之后，我并没有被挫掉锐气，但是他在梦中显现的幻影仍然在捉弄我，每当我走到他近前，他们告诉我他就在这里，接着他便跟在一群复仇者后面飞奔离去。后来他们又告诉我说，伊历三十四年，当他们进入麦地那时，他呼唤他们的召唤者："谁守在家里不出门，他就是安全的；谁让我们远离伤害，他就是安全的。"接着他们对教长的房子实施封锁，直到教长被杀死，他们才把他释放出来，由此，那个预言的前半部分已经实现了。我深信它的后半部分也会完全实现。这个预言剩余部分的内容在我耳边萦绕，同时旷野中的山丘也在不停回响着教长本人的语句："虽然他们杀害了我，但他们所有人在我之后从未抵达目的地，他们所有人也从未同敌人厮杀作战。"

当我得知只有努哈的乌鸦①回来，欧麦尔·本·欧迪才会回到我身边后，我扇打自己的脸颊，撕碎我的衬衫领口，此后我在这里逗留了很久，一直在相思中焦灼地号啕大哭。在我看来，中午与傍晚、淡水与变臭的死水、牛叫的哞哞声与猫的咪咪叫，它们彼此之间已经没有区别。我连续很多天不进食也不说话，饱受无聊与绝望的折磨，用自己受挫的意志和被取走的灵魂，练习医治那些患癫病的人、生命的逃亡者和受伤者以及对得到安拉的慈恩感到绝望的人。那些日子里，兀鹰和鹫的数量有所增加，它们暗示着荒野中腐尸数量的增多。兀鹰、鹫和猛禽跟随着他们的商队和军队，贪婪地觊觎着已经死去的人、病魔缠身的人、早产的幼驼、精疲力竭的人以及伤病员。它们跟随着女人，追踪她们挥洒泪珠和试图抵御孤独的命运。这些贪得无厌的兀鹰、鹫和猛禽由于贪吃而吞下了太多战士，以致身体过重而无法飞行，于是孱弱的人都能够捕获它们。我在沙坑里待得太久，一直没有更换过斗篷，这斗篷已经满是窟窿，同时我的内心却对见到的腐尸无能为力，这颗焦躁的心又在不知疲惫地回想欧麦尔·本·欧迪和与他在一起的日子，因为对他的爱恋，我变得更加瘦削。

我选定了自己的职业时，更多的人带着帐篷、骑着骏马、挎着宝剑陆续来到这里。成功的职业通常是那些至今没有人愿意从事而且无法胜任并被人们的灵魂所嫌恶的工作。我的名声很快传遍整个旷野，到达了沙漠中心。人们把我描述为"沙漠

---

① 伊斯兰教故事中，当洪水来临时，努哈派出乌鸦去打探消息，但是乌鸦没有回来。

乌鸦"和"预见者"，有人称我为"追随腐尸的人"，也有人不公正地指摘我为"鬣狗"。姑娘啊，难道他们自己不是鬣狗吗？我在近处观察他们，看到了他们的命运，我不断关注他们血管里喷涌出的鲜血，他们不知道如何才能阻止鲜血喷涌，于是开始说："你看见这个灰头土脸、蓬头散发的人是如何使他的民族发生这种事情的吗？"我在心里悄声说："在这种事情发生之后，我会在猛禽的嘴喙前收集你们的骨头。"但是我继续跟在他们身后沉默地前行。我知晓他们所有人的结局，我记得安拉的使者对他家族中的这个部落在精神上多么厌恶，然而他们了解这个部落外面是什么样子吗？不是我选择了这个职业，姑娘，而是这个职业选择了我。开始时，他们试图把我赶走，仿佛我是一只得了瘟疫的狗，然后慢慢地，我们之间开始达成一个秘密的共识，就是我会埋葬他们，同时他们一边高声狂笑，一边嘲讽地倾听我的预言，以至于我可以记住他们著名的话语："比萨乌黛还要丑陋，比她的预言还要黑暗！"

* * *

我已经不记得在自己的名声横越沙漠，甚至传到出家人的隐居处之后，一群折返的人是在何时或者如何再回来找我的，他们中的大部分是那些饱受孤独啃噬、对男人担惊受怕并被焦虑撕扯的女人们。她们来投奔我，彼此的境况和伤心痛苦的程度都非常相似。其中一个女人抢在我前面说：

"姨母，我到你这里避难来了，我是逃出来的……"

我看看太阳的光芒，又凝视着她的双眼，说着我曾经说过几十次的话：

"是的，我的小宝贝儿，你从一个男人逃向了另一个男人，就像他们从上面悄声告诉我的那样。如果这是事实，你把两个吃奶的婴儿留在他们可怜的父亲的怀中，那个男人疯狂地爱恋着你，而你只是为了跟在一个笨蛋身后快速离开。那么，这个笨蛋将让你在正午时分看到星星，将把你的余生推向火狱。当然，你的余生很短暂，他将用你对他的爱来责备你，然后把你当作女奴，拖拽着卖给像他一样的其他笨蛋，因为他将用卖你的价钱给他爱上的其他姑娘置备嫁妆。"

"姨母啊，我的情况很糟糕，尽管世界很广阔，我的道路却很狭窄，甚至变得比针眼还要狭小。我现在就在你面前，任凭你处置我吧。我知道你手中有两个鞍袋，其中一个里面有晒干的青蛙腿、尼罗河里鱼的眼睛、黑猫的血、从肮脏的绵羊羊毛中提炼的药膏、从我不知道是谁的木乃伊中提取的粉末、浸泡在橄榄油里的蠕虫和被焚烧的蜜蜂、狼的发辫以及被晒干的兔子心脏，所以姨母啊，请从这个鞍袋中给我做点什么吧，以便把我那一去不复返的头脑送还给我，或者可怜可怜我，帮帮我吧，让我爱的人感到我的爱，让他的心变柔软些吧，不要再像磐石，哪怕有一天他爱上我之后我便死去。姨母啊，我既没有活着，也没有死去。"

慢慢地，那些追随我的女人中，有些人开始盲从地信步而行，她们的男人和孩子在叛乱中被杀害后，家园就变成了废墟。我们开始变得像荒野中迷途的丧家之犬一样，寻找可以让我们勉强维持生活、在白天不受太阳残忍灼晒和夜里不受大风蜇痛的东西。伴随着昼夜更替，那漆黑的夜晚使我们的身体和心灵更加荒芜，我们的性情变得更加凶残，声音变得更加尖锐，我们长出了犬齿，语言变得比阿拉伯人对敌人最卑劣的谩骂还要更加粗鄙。姑娘啊，谁会看出我们的艰难。谁会相信我们已经变成了野蛮的母狮？战争平息后，我们在夜晚的黑暗中小心翼翼地靠近那些已经变成腐尸的人，并开始埋葬他们，以便我们用行动接近安拉。我们已经不再拥有充满乳汁的牛羊的乳房，不再拥有可以打扫的院落，不再拥有可以为之烹饪美食的男人，甚至也没有用来烹饪的食材。我们把他们埋葬起来，当然，在埋葬之前，我们剥去了他们手上镶着绿宝石的金戒指和手中的纸卷，他们本想把纸卷绑在信鸽的脚上或拿给信使将之传递出去，以下令杀掉某人的儿子某某某。我们曾在一堆干燥的柴火上烧烤山羊或是某只我们在骷髅头堆成的小山后面发现的迷途动物。我们借着柴火的光亮识读纸卷上的文字，笑得合不拢嘴，甚至仰卧在地上，有时也会因为他们手写的文字而潸然泪下。接着我们平静下来，让我们中间读信的那个女人继续读下去：

"如果你收到了我这封信，就去杀掉欧麦尔·本·赛耳莱伯吧，或者把盖斯·本·卡提白放在刺桩上，直到他死去。也许，我们的这个仆人已经走投无路，让安拉收留他吧，在宰杀山羊之后再剥掉它的皮，会对它有什么害处呢？让曼苏尔·本·哈里斯更有尊严地安息吧，切碎他的双手双脚，把他的头留给猛禽，好让它们吞下他的双眼吧，我希望既没有精灵也没有人类能认出他，当你收到我这封信时，让他从囚禁中逃出来吧，以便让艾克沙姆的子孙在旷野中捉住他，不要让他的血污染了你的双手。"

太阳升起时，我们经过集市，这里已被彻底毁坏，曾在这儿过着安乐生活的猛禽和飞鸟掉落在顶棚上。在集市里已经听不到人们说话的声音以及绵羊、骆驼还有各种家畜的叫声，我

们大声疾呼:

"安拉啊……这个王国的统治者啊,所有这些都去哪儿了?我们是你的奴隶,却找不到可以吃的食物,我们并不像你造就的其他生物那样,可以把死尸的肉作为美味吞食。"

然后,我们在他们的宅院里游荡。这里已经空无一人,从日出甚至到日落,乌鸦一直在不停地哇哇叫,我们只有在与饕餮的乌鸦保持距离,说着流利的阿拉伯语时,才会让那些从上面监视我们的人辨别出哪些是乌鸦,哪些是我们。从前,住在这些房子里的人生活得非常舒适安乐,现在,我们仔细打量这里的碎片,只是为了寻找一块干瘪的面包或是连老鼠都嫌恶的食物。我听到追随我的女人中,一个人在对另外一个讲述秘密:

"哎,不知道你认不认识这座房子的男主人,几天前他像清晨的公鸡一样对家人大嚷大叫,说他要去支持安拉和真理。不幸的是,他的家人和其他人都非常清楚他此行的目的,无非是收集战利品、霸占庄园和俘获女奴,更奇怪的是,没有一个人试图阻拦他。"

"女人啊,愿你吃到苦头,你这个理智不清的女人,直到我们那天晚上把他的脑袋埋葬起来。他本人对这一切都十分了解。你知道那些阿拉伯战士或是其他人的动机,只是追随他们对于获取战利品的贪婪欲望吗?"

那段日子里,我在梦境中看到的全是鬣狗的趾蹄、兀鹰的口喙和利爪,还有在我头顶上方下着骷髅雨的天空。其中一个骷髅走到我近前,我渐渐看清它是欧麦尔·本·欧迪的头骨,于是我飞奔而逃,它在我身后几法尔萨赫①的距离外紧追不舍,

---

① 埃及长度单位,1 法尔萨赫等于 6.24 公里。

在丛林、岩石和山丘后面寻找我的踪迹。它时而在沙土中打滚，时而掸去它的头发，睁着赤红的眼睛，垂下黑色的舌头，吐出我听不清楚的话语。接着，蛇发出咝咝的叫声，刺猬一口吞下蛇一半的身体，我转身想逃走，但最终被蛇控制住。它伏在我脸上，用刺耳的咝咝声对我悄声说：

"女人，难道你不认识我了吗？我是欧麦尔·本·欧迪。"

我挥舞着双手，扇打自己耳光，打到差点打出血。我嘶声尖叫，直到女人们聚集在我周围。给我的双手戴上手铐，在我面前说"奉安拉之名"，在我耳边祷告，高声求安拉保佑，这时，我才恢复理智。此时，被该死的魔鬼占据的沙漠里四处回荡着祈求安拉保佑的声音。

那段日子里，有一天早晨，一群从军队逃跑出来的敌人追上了我们。我们听到骆驼群的咆哮声和马队的嘶鸣声，就开始转身逃跑，那些加入我们行列的女人们在跑了一会儿之后，便同我走散了，我也迷了路。我不知自己是怎么睡着的，就这样既没有盖上布单，也没有躲在某个洞里，我很害怕在奔流不息的嘈杂中打盹酣睡。马队和战士们的目光正在向我靠近，天空中响彻着可怕的刀剑相击的铿锵声，接着，我发现自己正坐在马背上跟在一个骑士身后。满心不安，仿佛他在鞭打我。我不知他们将把我带向何处，也不知道顷刻之后他会对我犯下怎样的罪行，这种焦虑让我感到疲惫不堪。我们抵达时已是夜晚时分，夜色笼罩着布尼·穆勒的帐篷，他们把我用力拖进来，让我坐在他们的首领卡哈菲脚下。卡哈菲用他穿着软底靴的脚踢了我一下，大喊道：

"看着我，女人，你这个没有母亲的家伙，把你知道的告诉我，你要对我说实话，否则我砍掉你的脑袋。"

我看向他毛茸茸的下巴，听着他会砍掉我脑袋的威胁时，我苦笑了一下，对于突然面临死亡的恐惧，我已经免疫了。自从被不知什么东西打昏之后，我便以任何污迹都无法使其浑浊的那种清晰，看见了自己即将度过卑贱的一生。我将成为他们的见证人，必须锻炼自己忍受各种各样的灾难，直到我的头弯向胸口，同时我会坐在沙丘上，前提是我已讲完我的全部故事，并且嘱咐他们，我的故事以及他们自己的故事，都要按安拉的意愿传递到若干年之后。最后，蓝色天际的大门在我面前打开，天空中闪耀着无数的星星，仿佛它们变成了水晶，我在其中看见了下面的景象，于是对他口述起我所看到的内容：

"先生，只有在你收获了阿拉伯人此前从没目睹过的众多骷髅头之后，这一天的夜晚才会结束。我看见成千上万个骷髅，先生啊，成千上万个你的敌人被挖了眼睛，被砍断了手和脚。我听到了他们的声音，先生，他们在野外呻吟，被鬣狗的趾蹄咬住，却仍然活着，猛禽在他们头顶上形成乌云，等待轮到自己去捡拾属于它们的那份腐尸，太阳炙烤着大地，先生……炙烤着……这是怎样一个布满鲜血的天空啊！"

他下巴上稀疏蓬乱的胡须颤动着，像极了我曾在布尼·欧迪家照料过的病山羊的胡须。他的声音颤抖着，一直哈哈大笑，高兴得快要发疯了，接着，又像是刚吃过肉汤泡馍，或是正在凝望一个他从没见过的氏族家女奴一样，舔着嘴唇说：

"好极了，好极了，你这个会说甜言蜜语的女人，我将赐给你奖赏，直到你满意为止。"

接着，他贪婪地用双脚催促我道：

"女人，你能数数他们中有多少人吗？你能……"

于是我继续尽量赶走轻蔑的语调，让自己的声音保持

96

中立：

"先生，明天他们将成为凶猛的兀鹰的早餐。直到五十个年轻人来寻找你的脑袋，把它送回给阿拉维，太阳才会落山。自黎明日出时分开始，阿拉维就一直在催讨索要你的脑袋，先生，但是我会为你做好准备，带着珍视和尊重，把它埋葬起来，以便能让你亲眼看见世界末日。"

他用脚踢我的头，仿佛我是他的仇敌一般，同时对他的仆人和白奴大喊道：

"把她抓起来，扔到沙漠里，把她活着丢在那儿，让凶猛的兀鹰一口吞掉她。"

姑娘啊，我绝对没有怨恨他们，我知道自从阿丹从乐园降落人间，安拉留下了土地和土地上的人们的时候，他们就一直承载着这种刻在脊背上的男性特征。

但愿所有凶猛的兀鹰和猛禽都能够一口把我吞噬掉，姑娘啊，由于某种我不知道的智慧，我已经对它们的侵害免疫了。我带着需要传递的讯息在沙漠中游荡，它们还没有被送至当事人，送达时却往往已经延误。安拉的太阳与月亮的光辉交替照耀着我脆弱的灵魂，我与那些幼小的生物，与空腹出发却满腹而归的鸽子，与山峦，与经历过飓风与风暴成百上千次扫荡却仍然静默地屹立在原处的沙丘，一起感谢安拉。我自己主动从人类的鬣狗逃向安拉的鬣狗，我同鬣狗肩并肩睡在一起，夜晚用它的呼吸取暖。它会与凶猛的兀鹰分享一具腐尸，而我们却相安无事地一同入眠。我唯一的烦恼就是如何从他们中间找到一个逃跑的出口，无论我把脸转向何方，他们的某只饥饿的鬣狗都会在或短或长的几天后瞥见我的身影。他们来到我面前，把我用力拖拽过去，或是让我为他们占卜命运，或是用奇迹般的坚忍从刀剑或猛禽的利爪中逃脱出来，或是他们中的某个人猝不及防地向我猛扑过来。姑娘啊，我非常清楚自己没有从英俊的罗马骑士身上继承他的美丽，据说他白皙的脸庞像极了古代圣像中玛利亚的儿子，但在他强烈性欲冲动的那一刻除外。这猛烈的淫欲将他置于一个埃塞俄比亚女奴身上，这女奴就是我母亲。我的肌肤熄灭了母亲黑色的光亮，于是它变得如你看到的这样仿佛褪了色。我的鼻子原本宽大而扁平，由于继承了他古希腊鼻子的缘故而变得更长，我的两只小眼睛生来就像是从眼睛所有已知的颜色中逃出来的一般，如你看到的这样，它们是黑色和蓝色的独特混合体，可这两种颜色能混杂在一起吗？我粗厚的双唇宣告着，我的出现只是因为男人拥有毫无节制的欲望，还有，我必须承载男人的狂热使命。我过于丑陋的样貌，在各个阿拉伯部落里都是十分罕见的。早晨，他们在诗句或起誓中这样打比方："她竟然比墨黑色还要难看。"到了晚上，他们就飞奔到我的帐篷里，探求罗马人遗传给我的淫欲的时刻。姑娘啊，我很清楚那个骑士的痛苦和他与黑人女奴没有结局的爱恋在我身体里留下的味道，所有阿拉伯美女都希望能拥有它。不瞒你说，每当精力旺盛的男人们侵袭我时，我都会探索我与她们之间的不同，然后发现我是获胜者。

在这个黑色的日子里，他们其中一个人在夜里侵袭了我——我猜他可能是被卡哈菲军队打败的溃军——他骑在我的头顶上方，就像来自他骡子上方的灾难一样。这个男人像公牛一样发出哞哞的声音，他全身披挂着铠甲，十分激动，仿佛他面前有一头可以被他娶做妻子的骆驼。我拼命尖叫，但他仍然像鬣狗一样在不停啃咬我的肉。他刚脱下我的裤子，就有另外一个男人从马上 跃而起，跳到他的上方，砍掉了他在我怀中的脑袋，而他的手里还拿着我的裤子。然后，那个男人用长矛举起他的头，把它扔向月亮的方向，接着它落在了我的手臂附近，他就像刚被宰杀的公鸡一样颤抖。我不知道那个追踪我的男人为什么突然注意到了我的存在，于是他在我脸上扇打耳光，从我怀中夺走被害人的头。当时，在他最后一眼目光看到自己飞起的脑袋之前，我正在凝视他快速闪动的眼睫毛。接着，我伸出手——我也不知道为什么——去拿我带在身上的最后一滴水，于是那个男人从我手中抢走盛水的小皮袋，把里面的水全部倒在他垂下的嘴唇和胡须上，只喝到了一滴或两滴水，他一直拼命用舌头挽回流出去的水，但是好远啊。我看着他，不知他是如何从我的眼神中捕捉到我对他的某种同情的。他那委屈的双手能够如此斩钉截铁地砍下男人的脑袋，却不能扑灭自己的干渴。于是他在用力扇打我右脸耳光后，又更用力地扇打了我的左脸。他嘴里散发出腐臭的气味，对着我吼道：

"女人，你把水藏到哪里去了？"

"这是我带着的最后一滴水了，但是附近有一口井，你骑马过去很快就到了。"

他小心翼翼地用两只手抓住男人的脑袋，仿佛它是一份必须交还给主人的托管物品，同时，脑袋上的鲜血滴到了他的围腰布上。离开之前，他没有说一句话，突然他用脚踢我的脸，大吼道：

"滚开，你这个迷途的女奴！我们来救我们的女人，免得她们遭遇你这样的命运，你眼神里带的这种轻蔑是从哪儿来的，你这个虱子？你宁愿让我们生活得像一群蚂蚁一样，以免这个被砍掉的脑袋伤害到你丑陋的双眼吗？女人，这个脑袋只是被割断了舌头和他说的话，现在你要是说出一个字，我就把你的脑袋砍下来。"

接着，他真把长矛架在了我的脖子上，我不知道是什么促使我对他说出下面的话，好像我在自言自语一样：

"先生，你怎么知道这群蚂蚁在安拉那里或许是更优于我们的民族呢？无论如何，你们在追逐什么呢？"

接着，他向后退了几步，这一次是在哈哈大笑，我还以为他没有听到我说话：

"女人，我们是为了供养像你这样的白痴们，为了保护我们柔弱的女人和儿童。你这个女人只是一堆肉，我以身体所有部位来祈祷鬣狗在这个漆黑的夜晚把你吃掉。"

"然后……"

"然后，然后什么，你这个比鸽子还蠢的女人?! 我们从对商队和其他部落的突袭中得到财富，我们手中有更多的女奴和粮食，这样才能忍受在这干旱的不毛之地上生活的艰辛。女人，在我们侵袭他们丰饶的土地以后，在我们取得胜利以后，在我们占领整个世界，收缴土地税，轮到我们当家作主以后，我们很快就能休养生息了。"

那个脑袋上的两只眼睛现在开始凝神看向我，我仔细打量着它们，用更响亮一点儿的声音对他说：

"然后你们盘腿而坐，身边没有你们挖掘的水井，没有你们耕种的庄稼，你们继续同鬣狗的肛门交谈，却彼此不理解对方的话，然后你们继续从所有氏族中搜罗女奴，和她们一起吞掉几吨的食物，你们变得像那些秃鹫一样，贪吃过后，守在自己的食物上，待在原地，无法飞翔。"

我没有注意那个男人是如何提着那被砍下的脑袋径自离开的，我似乎已经陷入十分恍惚的状态。清醒过来时，我摸了摸自己的脑袋，几乎无法相信它还在原处。我捡起裤子，发现自己已经在里面撒过尿了，于是又把裤子穿在身上。此后，鬣狗们聚拢在那个距离我一臂长以外的无头男人周围，我从鬣狗旁离开，继续赶路。很多天以来，曾在我怀中的那个男人脖颈发出的血管爆裂声一直在我耳边噼啪作响，将猛烈的风声、鬣狗歇斯底里的笑声和沙尘的呼啸声吞噬殆尽。

＊　＊　＊

姑娘啊，离开家园时，我便知道自己的心将会永远充满伤痛，将会因为对他的怀念而受伤。我曾看见岁月降落在我可怜的身体上，从身旁离去时带走了它的鲜嫩和青春。心怀爱恋的我不会成为殉教者，因为我甚至没有原谅过你祖父本人，而我的灵魂在克制自己，不要让自己爱上除他以外的在他之前或之后在这片土地上居住过的任何男人。安拉的使者不是说过"谁陷入爱河，谁就会消瘦，就会生病，就会死亡，他就是殉教者"吗？一个像我这样拥有民族誓约的女人是无法原谅自己身体犯下错误的。可是姑娘啊，我是罗马人的女儿萨乌黛，在一场富足的狩猎之旅之后，我知晓了灵魂贞洁的威严。我知道欧麦尔·本·欧迪将通过离开我的方式创造出人类可以获知的所有感觉。如你现在亲眼看到的这样，我将成为一个既不是石头也不是人类、既不是女人也不是男人、既不是光明也不是阴影、既不是夜晚也不是白昼的存在，如同一具不愿意承认其死亡的躯体。爱情像憎恨一样，姑娘，它们会吃掉自己的主人而永远不知饱足，甚至给主人留下一副破碎残毁的面容。我不知道为什么直到现在，到了让自己鄙夷的年龄，还没有听到过哀求安拉保佑女人免受男人爱情伤害的祈祷。我曾日复一日地向我对他的爱恋之火投去薪柴，于是当记忆的柴火用尽时，爱恋的火焰燃烧得更旺了。在记忆中，他曾和我在一起，抚摩着我的身体，我享受他进入我身体和抽出来的欢愉，享受他同我接吻的快乐，他骑在我身上时，快活地瞪大眼睛望向数不尽的星辰，无法相信两个身体可以抵达这样的地峡，一起望见被逐出的乐园边界。他仿佛厌烦了我的茫然失措，于是仰卧在地上睡起觉来，他让我躺在他身上，这样的姿势可以让他看向天空，可以让我看向他映射出乐园边界的眼睛。当时，我尖声叫喊，不是因为我刚刚到达的巅峰，而是因为所有这些无疑终将走向幻灭。我从他的两眼中捕捉到了一抹彩虹，他用手捂上我的双眼，大笑着说：

"女人，你在看什么？你在看我们被赶出来的乐园吗？"

"是的。"

"女人，你希望从这生活中得到什么？你究竟想要对它做点什么？"

我一句话也没有说，担心他会把我抛弃，远远地离我而去，但是我很想对他大声疾呼："如果水井干涸了，你们要用你们年轻的前臂去挖一口新井，而不是侵袭属于其他人的遍布水井的土地；如果你们的枣椰林被烧毁了，你们要用它在沙土里残余的种子种植另外一片枣椰林，而不是伏击其他人的商队，像宰杀骆驼一样砍断他们的脖子，以获取他们携带的货物。"

我很想对他说：

"你们不要发明各种理由来逃脱耕地、练习击剑、骑马和骆驼，以进行你们所谓的战争、入侵和圣战……"

"女人，你认为生活只不过是给你的阴户喂食，在你肚子里塞满玩物，过一段时间再让男人在地面上努力发奋吗？"

我不知道该如何对他讲：

"是的，生活就是像这样，人类繁衍，庄稼繁殖，牛羊的乳房充盈，水井满溢，直到安拉留下土地以及土地上的人们。"

他的沉思让我停住，仿佛他想起了某个遗训：

"萨乌黛啊，但愿事情有这么简单。"

只有在他极偶尔叫我名字时，我才会喜欢自己的名字。然后他突然站起来，像饥饿的鬣狗一样哈哈大笑：

"如果你是这样理解生活的，我就必须把自己的种子播种到其他肚子里，而不是你的这个肚子。女人，难道没有人告诉过你指甲花是女人的染料，鲜血是男人的染料吗？"

当我爱情的柴火用尽时，我将手中可及的所有猜忌与疑问都抛向了它的火焰，这些猜忌与疑问全部都在围绕同一个场景："现在究竟是哪个女人在享受他压在身上的重量？"我开始把那火焰送给所有我遇见的女人或男人，甚至逐一送给我的肢体，姑娘啊，你是知道的，那火焰从来不知饱足，直到我变成了你现在所看到的模样。因此姑娘啊，在爱上你的男人或是你将在他之后遇到其他男人时，千万不要张皇失措。

若干年后，在同鬣狗一起经历了沙漠之旅以后，我对曾经理解的事情反而不理解了。当时，我只是追随自己的命运，顺服于星辰，依靠它为我指引正确的道路，我知道它肯定将把我平安送到我的男人、预言的当事人面前，我将把黑色预言降示到他手中，以便解放我的肩胛，并从战争中解放你祖父，然后他会和我一同归来。然而如你所看到的这样，我穷尽此生一直在后面追逐欧麦尔·本·欧迪，而他却一直在追逐我不知道的什么东西。

我快步离开一些部落的大营帐，几个月以后，走在这片土地上的任何一个地方，都离我要追赶的奔赴伊拉克复仇的军团有好远的距离，欧麦尔·本·欧迪就在那个军团中。我突然双膝跪地，不知道我的身体里发生了什么以及发出了什么回声。然而当我拼命尖叫，沙漠中的赤鹿和鬣狗也在重复着我的尖叫时，我很快意识到，我离开家已经整整九个月了，而我正处于怀孕状态，这是我自旅途开始后并未觉察到的。当时我只是意识到，当大地上的祸事靠近我时，身体和它里面发生的一切便对我隐藏起来，仿佛某个精灵或安拉创造的万物中的某个生物把我的身体夺走了一样。

我蹲坐在沙丘上，双手抚着肚子，观察着我身上发生的一切，仿佛我在观察分娩的母山羊。我拼命尖叫，不是因为分娩袭来的疼痛，而是因为我肚子里的某种推动力，我不知道有什么可以给这个想要从我身体里出来的家伙助上一臂之力。被什么东西击中时，我在沙漠里行走，是为了治愈灵魂，看见并试图抵御即将到来的灾难，因此我知道，我只能抵挡住男人对可怜女人的无情的爱，把女人的爱从不属于她的男人心中移走，或把手足无措的爱扔进使她失去理智的男人的心里，或让女人像被施了妖术一样跟在爱恋她的男人身后行走，然后征服这个男人，让我接近我的目标，像女巫布杜尔那样为自己的民族效力，保护他们免受侵犯，让他们得到自我保护。

我看到一个青年从远处走来，仿佛他是循着我的尖叫声找来的。他长着一只鹰钩鼻和一双大眼睛，面容清秀，宽阔的额头上戴着已经弄脏的缠头巾，尽管头巾上金色丝线的光泽已被沙漠中的风沙侵蚀殆尽，却依然透露出他平日生活的安逸与优渥。我看着太阳的光芒，没有眨眼睛，直到我知晓了他，如果他是坏人，我便可以抵御他的邪恶，还可以让处在这种状况下的自己得到自我保护。然后我看着他，他精明豁达，既不说谎也不伪装，也不会去侵害别人，他能够用珍闻奇谈让那些经历了丧子之痛的母亲哈哈大笑。他皈依了伊斯兰教，完美无瑕地遵循教义，他和他的家人都是辅士①的支持者。他在向我靠近，直到满面笑容地站在我面前……

这就是那个后来被人们称为"哈巴巴的疯子""安拉的仇人""邪恶女巫的声音""恶魔的仆人""萨乌黛的嘴喙"以及"预言者的影子"的人。在他失去理智，甚至不知道自己的双手在做什么，也不知道自己的双眼生来是做什么用的，人们多次给他的右手戴上手铐以免让它砍断自己的左手。在这一切发生之前，安拉是不会把他带回去的，因为他将在他爱恋着的荒野中逃亡，忘记带上一点儿干粮，而后孤独地死去。他盯着我看了很久，不停地大喊道：

"穆斯林啊，你正在生孩子呢，不要害怕，我是个路人，不会伤害你的。"

我无力地对他笑了笑，继续不时尖叫起来，我问他：

"年轻人，你叫什么名字？"

"我叫雷斯·本·艾希德，从两队人马中逃出来的，我就是那个看见艾巴·戴拉·卡法里的人。他衣衫褴褛，轻手轻脚地行走在他的流放地上，既没有找到埋葬他的人，也没有为自己

---

① 麦地那穆斯林的称号，因为他们是穆罕默德的辅助者。

找到寿衣。我就是那个看见穆斯林穷人们如何在沙漠中游荡的人。他们光着脚，几乎赤身裸体地匍匐前进。我听见革命者对奥斯曼·本·阿凡哈里发，这样说：'放弃这件事吧。'于是哈里发说：'我不像尊严的安拉一样是脱去衬衣 [①] 的人。'我听见阿里·本·艾比·塔里布，谈论这件事说：'奥斯曼自吹自擂，于是他毁坏了自私自利；你们灰心绝望，于是你们毁坏了失望。'你听见赛阿德·本·艾比·瓦卡希说的话了吗？他们带着会思考、能看见、可以说话的宝剑来到我面前，宝剑说这个做得不错、那个做得不对时，我才会同他们交锋。我遵循着他的话，而穆斯林啊，你是了解的，男人如果没和这两队中的任何一队人马在一起，其他男人们就会驱逐流放他，并在女人的小天地中谴责他，于是我便逃亡到了这个荒野中。我既不是诗人，又没有被寄希望于成为骑士，于是我对自己发誓，要把我从哲人智士那里听到的话语的精华部分传递给大地上的那群离间者，他们都是各个部落里的恶棍和搬弄是非的人。"

我仰卧在地上，抬起头看向从我身体里伸出的脑袋，它像加冕一样顶着一头丝绸般乌黑光亮的长长的头发，我说：

"雷斯啊，你可以帮我找到穿越沙漠最短的路回家，让我把胎儿放在他们的门口吗？然后我们一起出发，我会把我眼中可见的秘密告诉你，再由你将它们传达给人类。也许他们会看见我们眼中所见的一切，于是可以抵挡住魔鬼从空中感召他们的效力。"

他一脸惊愕地说：

"真的吗？赞美安拉！妹妹啊，到底是哪个罗马天使或静

---

① "奥斯曼的衬衣"，意为战争的借口，这里脱去衬衣，指发动战争不是没有借口的。

默的王子在你身上耕种了这般美好的感情？我对你发誓，会唯你马首是瞻。可是你为什么要离开这漂亮的女儿呢？让她在荒野中和我们一起自由地长大不好吗？"

我知道雷斯已经完全在我掌控之中，他将在我延伸至生命尽头的旅途里一直追随在我左右。

我对他说：

"雷斯，我没有看见她和我们在一起，无论是在未来的傍晚还是早晨，我都没有看到她。在我大祸临头，甚至被埋葬入土时，我也没有看见她。当我怀着她时，我就知道了她短暂而幸福的一生中会发生的一切。我曾不止一次亲吻太阳的光芒，以让自己获得更好的命运，这样我就可以保护她，但是就像理所应当的那样，我看见自己并不在她的生命里，她是欧麦尔·本·欧迪的女儿，你认识他吗？"

"是的。"

"那么，同路的伙伴，我们一起出发吧。让我们彼此约定，从今以后不要忘却我的所作所为，也许过一段时间之后，你会懂得我所犯下的罪行。"

雷斯给婴儿起名为"哈巴巴"，或许我在分娩时胡言乱语说出过这个名字。我不会写字，但在被不知道什么东西击中昏过去的时候，我认识了符号和图画，这是由古代巫师的符箓中传递给我的。在我看来，它们都很相似，就像我现在看见的这些枣椰林一样。雷斯把她的名字和她父亲的名字连在一起，帮我将连起来的名字写在磨得锋利的石头上，我把这石头放在火上烧热，然后用它在她肚子上打下烙印，接着我们把她留在了欧麦尔·本·欧迪的宅院旁。

哈吉尔啊，自从你母亲出生那一刻起，雷斯就像影子一样跟随我左右，姑娘。他时而消失，时而出现，就像他家宅院里的月亮，时而月圆时而月缺。但是只有他出现在我面前时，我才会需要或是求助于他。

我给他讲了直到这一刻我给你讲述的所有故事，但是对于他的命运，我一直艰难地对他守口如瓶。每当我拒绝相信他的结局时，他的癫狂就一次又一次地在我面前出现，在太阳的光线中耍弄诡计，于是我再次警惕要他不要离开，或者发出疑问，问他是否看见我在不认识我也不认识她的人面前，称我自己为"她父亲的女儿哈巴巴"。他十分了解哈巴巴，当我提到她的名字时，他会充满爱恋地嘟囔说："安拉啊，哈巴巴的声音能让天空中夜莺的鸣啭、枣椰林里树枝的合唱和小鸟的歌咏黯然失色的。"当我向他讲述我看见的哈巴巴的命运时，他像丧子的母亲一样号啕大哭。我委托他保管我的目标和全部秘密，为了让我们回程的道路不显得那么漫长，我向他坦白，希望自己能达到埃及女巫布杜尔所达到的境界，她曾同地球所见证的她的最后一名后代，一道取回了她的秘密，并将这秘密与她一起拖拽到坟墓里：

"雷斯，你听说过布杜尔的故事吗？"

"没听过。"

"她是一个生活在杜露卡时代的埃及女人。先知以色列追随法老和埃及人民一同淹没在大海里，埃及男人中再也没有哪个勇士能够守卫国家，当时的埃及女王杜露卡派人找来女巫布杜尔。所有人都曾目睹过她的魔力，女王对布杜尔说：'你到我们这里来吧，我们需要你的巫术，要向你求助，其他国王在垂涎我们，这让我们很不放心，请为我们做点什么吧，让我们战胜周围的国家。'于是，布杜尔在明法城中心用石头建了一幢建筑，她让四个大门分别朝向埃及的南、北、东、西方，在墙壁上画了马队、骡子、驴子、船只和男人的图像，对他们说，我为你们做的事情，可以消灭从陆上和海上等任何方向来到你们这儿的盼望你们遭受厄运的人。你们不需要堡垒，也不需要切断从各个方向来袭的敌人的粮食供给。如果他们骑着马、骡子或骆驼，或者乘船，或者在徒步行走，这些图画都会活动，于是他们就会心生恐惧。据说近四百年来，布杜尔一直在保护着这座建筑，保护着埃及。每当这座建筑有部分被毁坏时，只有她或她的儿子、或她儿子的儿子才能修复它，她的家族消亡时，这座建筑就倒塌了，没有一个人能够修复它。"

雷斯一边打哈欠一边听着布杜尔的故事，这让我感觉他已经相信了我的目标。他开始为我收集我要求他带给我的所有东西。他会骑上他遇到的每一只牲畜，奔赴一切地方，给我带来这片土地上稀有的植物，或者传奇的奢华坟墓中某个法老棺木上的旧钉子。我们的负重在不断增加，鞍袋变得越来越大，里面装满了麝香和龙涎香糖果、素馨花油和紫罗兰香膏、蝙蝠的心脏、樟脑和橄榄树叶、龙血、印度沉香、被磨成粉的黑猫骨头、乳香、用来书写符箓的各种颜色的孔雀羽毛、用来写字的新鲜鸽子血、被我锁在护身符里的各国造币的银锭。当我努力让自己达到布杜尔所掌握的巫术知识的程度时，雷斯也逐渐开始制作一些能带来爱情或福祉的简单护身符，或者悬挂在牛群脖子上防止被抢掠或被妖魔缠住的辟邪物。我教他如何给神魂颠倒的男女们编织衣服，向他口授编织所需了解的针法，但是，只有在他掌握了用肉豆蔻树和雄猫的油脂、小公牛的油脂以及印度香草亚香茅油来治疗尿道口疾病的本领后，我才会感到喜悦。如果我在同一天内看见一个或者更多阳痿男人，他则会对我报以同情。他从或长或短的旅途中归来后，会给我讲述奇闻轶事以及我此前从没看到过的事物，他会对我的视界感到惋惜，像同父异母的哥哥一样安慰我，他哈哈大笑的声音会在天空回荡。在把带回的东西拿给我看过之后，他会抢先提出他的问题：

"妹妹，你的巫术到什么程度了？我们向布杜尔的工作靠近了一点点还是靠近了很多？"

接着他又说：

"在我看来，他们正在法尔萨赫以外做准备，以便让兀鹰找到足够几个月享用的盛筵。他们正在打磨他们的犬齿，想以此在骷髅头的山丘上阻止挥舞着长矛的舞者。我靠近他们开始安扎的军营，为了从他们那儿弄懂一句话，但是我没有你的头脑啊，妹妹，我什么都没明白。他们在谈论虚妄将会就近消散，将会永远降半旗。那支军队差不多由几十万理智不清的人组成，纷纷奔去复仇。妹妹啊，不幸的是在这样一片战场上，没有一个穆罕默德的门弟子或是麦加和麦地那的统治者逃过了荒谬的诽谤。我试图寻找他们希望举起旗帜的这个事实，可我只是看到各部落间围绕谁是发号施令者的问题在争论不休，我甚至试图偏袒两队人马中的一方，但我发现自己在一边扇打自己耳光，一边大喊：那些永远丧生的人们啊，你何时才能停住他们彼此间的绝交？我的妹妹，安拉的话语还没有传达到他们耳边，仿佛《古兰经》与他们中间隔了一道屏障。我几乎要对他们高呼：你们杀人是为了保卫安拉吗？安拉是禁止杀人的。然而我意识到，他们的耳朵里涂满了蜂蜡，所以他们是听不见任何声音的，那么妹妹啊，你同布杜尔的事业何时才能成功？"

"当穆斯林们血流成河，当他们的双脚从安拉禁止的土地上走过之后，雷斯啊，预言之箭就已经飞射出去了，伊玛目被杀死之后，已经没有任何事物可以阻挡它。"

他拼命尖叫，连河谷都在重复他的尖叫声：

"是的，但是女人啊，你曾向我许诺过的，你同布杜尔的事业何时才能成功？"

我已经习惯了他再三催复的这个问题，所以并没有在意。然而在太阳金色的光芒中，我感到眼前发黑，我不停地重复说：

"一群吃饱的鬣狗走了，又有一群饥饿的鬣狗来了，它们饥饿的程度将更加猛烈，如果安拉允许的话。"

接着，我被一阵热病袭中，由此带来的第一波灾难如同汪洋般在震荡。在完全昏厥过去之前，我听到的最后一句话是从自己口中说出的：

"地平线浸染着鲜血。那些居住在不产作物的山谷中的人们，和那些残忍粗暴、既没有学问也不读书的人们，将涉渡在血泊中。他们将伴称自己正在试图伸张正义，但是正义将远远地从他们眼前消失，消失在另一片土地上。在不远的过去，他们曾欺骗、伤害、放逐他们的先知并同他厮杀战斗，于是先知将一直对他们义愤填膺。"

雷斯能够理解我在热病中的胡言乱语，他记住了我这些话，带着它们游荡在他们军营的帐篷中。过了一些时日后，他又回到我身边。当他发现我从发烧的小睡中清醒过来时，他一边被鬣狗追逐，一边对我大喊道：

"女人，快跟我来！快一点儿！他们正在相互拔起对方的脑袋，砍断对方的脖子，就像砍掉鸡脖子一样。他们在用双脚相互踩踏对方的胸膛。我看见有人把他的邻居扔在了马群的铁蹄下，他们中有人挥舞着长剑跳舞，脑袋纷纷在他的右边和左边四散飞去。在这一天，有很多人被杀死，只有天空中降落奇迹时，他们才会停止这一切。"

我的目光追逐着正在试图捡拾飞蝇的小鸟，脸色再一次变成土灰色，然后我在想，它或许是一只蚂蚱，接着我确定它是一只蚂蚁。我闭上眼睛，怀疑这是自己最后一次闭上眼睛，自问道："赞美安拉！蚂蚁会飞吗？"

我在雷斯的胆战心惊中醒来，他正试图扒开我眼皮，再把它们合上，他看到我面色发黄，大声喊道：

"妹妹，你现在不要死，除了你没有人能够从他们披着的鬣狗皮中挽回这些男人。你认为会有一个邪恶的巫师在他们的井中投下什么东西，让他们喝了一口之后就变成鬣狗吗？"

我从生命中第一次发烧的灾难影响中痊愈过来，却留下了像狗一般饥饿的后遗症，眨眼间就能吃掉很多食物，雷斯拿给我羊羔、公绵羊和小鸟的肉，还有很多小麦面包、蜂蜜葡萄干、溏心蛋和洋葱，我不知道他一下子从哪儿拿出这么多食物。他把食物放在我面前，然后抢先和我说话。他的话让我对着云霄放声大笑，笑个不停，以至一群鬣狗在我身后也纷纷跟着大笑。

他的双眼噙着泪水，一边大笑，一边在努力说话：

"你知道吗？妹妹，成百上千正在寻觅男子气概的男人很快就会死于自己肠子里的东西，野蛮的驴蹄、西瓜籽、狐狸的睾丸、芥菜种子、骆驼的阴茎、罂粟花壳、棉花籽仁、鸽子粪、亚麻种子、黄牛犊的阴茎、萝卜种子、猛兽的趾蹄、小鸟的舌头、公山羊的油脂……"

接着他笑得躺到了地上，就这样一直仰面长笑，直到差点背过气去，之后，他又补充说：

"女人，我担心在你掌握女巫布杜尔的秘密之前，所有男人就已经因为你做的事而死去了。"

我并没有十分留意雷斯的话，而是在观察他双眼中更加闪亮的光泽，关注他日益凸出的眼球，我在心里反复思忖道："他距离疯癫的道路真是更近了啊。"

我没有用火焰也没有通过敲击脸盆的方式给猛兽发信号，把它们藏起来，而是在我和他周围迅速画出我的咒符，于是它们或者咆哮般地大笑转身向后逃窜，或者跪坐在地上，长久地凝视着我们，于是雷斯像个小孩子一样欣喜地拍手说："安拉啊，它们的眼睛真好看！"有一天，雷斯到最近的一口水井旁去打淡水，我几乎快要渴死了，他还没有回来，于是我倚靠着短矛，向前跑了几步，立刻发现自己已经变胖了很多，我发现自己的脚步踏在地面上时，竟发出了疲惫老妪沉重步伐的声音。我猛然瞥见雷斯像狗一样伸着舌头，一边大喊一边从远处走来，他身后是风沙的漩涡和马蹄扬起的光晕，他的叫喊声在很大程度上仿佛歌咏一般：

> 我们可曾知道……男人的胸膛无法承载你们过于耻辱的故事？我们知道的。
>
> 我们可曾说过……黑暗之唇将世世代代笼罩在你们的头顶上？我们说过的。
>
> 我们可曾对你们讲述过那些宫殿被从前面铲平的人们的故事？……我们讲述过的。
>
> 我们可曾在旷野中告诫地大喊过……你们将永远被戴上手铐脚镣待在你们的帐篷里？我们大喊过的。

我们可曾预言过……当审判日到来时，你们将岁岁年年地一直看向你们活埋女婴的那个沙坑？我们预言过的。

我深信，雷斯很早开始发疯了。我曾像看到漆黑夜晚中沙漠的圆月一般，清晰地预见到他的命运，可是我为抵抗这命运而做的一切并没有成功，并且从此将永远不会成功。在追捕他的人到来之前，我拼命对他喊："快跑啊，雷斯！"于是他逃走了，留下我孤身一人。我看着那几个骑士掀翻我的帐篷，把它翻转得四脚朝天，我的鞍袋里，除了被他们毁坏的东西外，大大小小的物品都被他们一抢而空。他们翻开所有的破衣服和小布片，取出银锭，找出我们随身携带的最后一块银币，烧毁大火没有燃掉的余烬，剖开那条瘦弱母狗的腹部。公鸡们仿佛遇到魔鬼一般，带着燃烧的羽毛，在旷野中四散飞去。他们一伙人呵斥我：

"你这个该死的女巫，这个年轻人是你的扫帚吗？"

"女人，你会把精灵对你耳语的话口授给他吗？"

"你这愚蠢的黑女人，你看出我们误入歧途了吗？"

"你这个人尽可夫的女人，你在给我们的占卜中看见了什么？我们会被遗弃，溃败而归吗？女人，说说吧，我们会是被击败的那群人吗？"

"好！好极了！我好像看见你不信安拉，你这只鬣狗。"

我仿佛中了魔一般，无意识地说：

"你们并不了解安拉，老爷，你们才是毫无区分地舔舐活人和腐尸血液的鬣狗。哦不，天啊，我未曾在地平线上看见任何东西穆斯林的鲜血已经遮蔽了天空，是的，老爷，这两队人马都误入了歧途，而你们这些老爷本身也走在了迷途上。"

我在太阳的光芒中看到，他是最优秀、最高贵、最高尚、最闪亮和最完美的人，他自负，傲慢，目空一切，他的话在同伴中很有威望，他是他们的首领。当他像天空中竖起的长矛一样站在我面前时，我一直注视着他的眼睛，眼睑都没有抖动一下，直到他的嘴角露出轻蔑的微笑。邪恶从他身上散开，他缓缓地说：

"女人，我从没见过相貌比你还丑陋的魔鬼。女人，你只是个愚蠢的雌性动物，安拉会让你毁容，变得像鸡奸母马的女人一样。你这赛尔莱伯部落的后代，我们这里的女巫智慧是什么来的？"

"是焚烧，老爷。"

"你母亲的儿子都死光了？你还在等什么？"

他的手下聚在他周围，我一直低声重复，希望只有他一个人能听见：

"年轻人，你这个倒霉的家伙，你是多么自负啊！你真坏啊！像你这样的人都会和这大地以及大地上的人一起走向消亡。"

接着，我站起来，没能避开他的眼神。他从我身旁逃开，目光转向他们，看着他们如何抱来更多干柴，如何给我挖一个坑，再把我拉拽过去，将我扔进沙坑，仿佛我是他们在某个地方遗留下来的一具尸体，想赶快把我埋葬，以便追赶在其他地方堆积得更多的尸体。突然我听到一个甜美的声音，像极了"她父亲的女儿哈巴巴"的声音：

"真的，赛义夫啊，如果你不离开那个女人，我现在就当着你和你的手下自杀。"

我左右环顾，发现了一个小姑娘，她的头发散落下来，一直垂到脚面，她的脸如同完整的圆月，男人会以为她的面颊上有一轮光芒四射的太阳。她那双杏仁般的大眼睛掺杂着赤红色，仿佛她片刻之前刚刚号啕大哭了一阵。男人们安静下来，仿佛他们的头顶上有只停驻的小鸟，或是他们的嘴巴被灌醉，双手已瘫痪。而下令烧死我的赛义夫则用小男孩般的声音费力地呼喊道：

"阿芙拉，你来这里做什么？"

然后他飞快地跑到她面前，跪在她脚下。她正抬头望向天空，长矛头抵在心脏的位置。赛义夫开始亲吻她的双脚，像丧子的母亲一般号哭着。她无动于衷，纹丝不动，仿佛是一尊并不需要崇拜者的偶像。

过了一会儿，赛义夫注意到自己的窘态，恼怒地对他的手下们呵斥道：

"快点点火吧。"

他们点燃了火焰，那火焰很快就会把我吞噬掉。但是，赛义夫接着走到我近前，向我伸出手，一把将我从沙坑里拉了出去，让我坐在他旁边。那个迷人的姑娘把长矛放在一旁，披上斗篷，收拢起长发，以免它们扫到沙土，然后躺在她的位置上睡起觉来。

赛义夫在旁边倚靠着我，悄声说：

"你能看见这个姑娘吗？……"

"她是你叔叔的女儿，两年前她父亲在该死的叛乱中被人杀死后，她就成了无父无母的孤儿。我还看见你的灵魂心系于她，但是年轻人，你的灵魂却很少被攥握在她的手中，她的灵魂寄托在一个我看不见的人身上，他既不是她的也不是你的血亲，他好像是一个迷途者或是某个背离部族及亲属的叛教者。他并不爱她，她的事情或除她以外的事情都与他无关，他疯狂迷恋于对安拉的爱。年轻人，很好，你现在就去接近她吧，如果安拉允许的话，她明天就将置于你的庇护之下。"

"你说的都是真的吗，妈妈？"

"我现在变成了……妈妈！几分钟之前，你想要烧死我，还烧毁了我所拥有的一切，我甚至无法找到让你同那个漂亮女孩结婚的依据。伟大的安拉说：'阿拉伯人是最不虔敬、最伪善的，他们最适合对安拉降示给他的使者的法度一无所知，安拉是全知的明智的。'①"

"我将给你拿来所有你想要的东西，将送给你所有你丢失的东西，甚至比那更多，但是你达成心愿的前提是，让阿芙拉回到我身边，并且接受我做她的丈夫。"

"真的，指安拉发誓，你曾求我将你从触犯你的爱情中解救出来，以使你逃离鬣狗的道路。年轻人啊，去接近她吧，然后你再去安全地接近雷斯，要提防你的手下，不要让他们中的某个人危害到他，你要给他们，那些一口吞掉鬣狗大脑的人们做出解释，没有人能制止他们，而且他们总是对他的话充耳不闻。孩子啊，那个年轻人失去了理智，所以请对他仁慈些，放任他在他喜欢的时间说他想说的话吧。"

"你说得很对，穆斯林。真的，你这番话正确得无以复加。"

我靠在漂亮姑娘的身旁，趁其不备剪下她斗篷上的一块布片。她在不知疲倦地号啕大哭，由于出离愤怒而抓挠着沙土，在手心里用力拧挤着，大声高呼道：

---

① 《古兰经》忏悔章：97 节。

"我痛恨这个赛义夫！我讨厌他！"

然后她尖叫着看向他，音调更高了，几乎喊破了声线：

"我憎恶你，赛义夫！我对你深恶痛绝，你这个男人！你现在把我留下吧！"

我梳平她的长发，从中捡掉一粒粒沙子。我凝视着男孩清秀的面容，反复说：

"先知说：'灵魂是新招募的士兵，当彼此不相识时，他们相互交往；当彼此嫌恶时，他们各存异见。'"

在她仍旧情绪激动的时候，我悄悄地写下咒符。我派赛义夫去给我取来一些甘甜的水，在离开之前，他告诉了我他和她各自母亲的名字。当他离开我们走远时，她开始向我倾吐她的秘密。

"姨母，我来你这是为了向你求助的，这关乎我的内心。自从我父亲被杀以后，我就在生活中变得十分孤独。我有几个葡萄园和丰厚的钱财，在沙姆地区，人们用这些钱同我做生意。我疯狂迷恋上了一个男孩，我只见过他一面，甚至连他的名字都不知道，姨母，你能够为我找到他吗？我把我的爱情放在了他的心里，于是由于对他爱得发狂，我已经变得名存实亡，我找不到食物，我的腰也不认识床榻。你能够对他说，我将成为他身边的女奴吗？你能够对他说：我对他的迷恋将要把我杀死了吗？姨母，在我失去理智前，为我找到他吧。他并不在家，我们将会在哪里找到他呢？"

"美丽的姑娘啊，为什么我看见这个赛义夫就是你的福气呢？我看见，在我面前，就像现在我看见你这样，你们两个将把这大地填满儿女，你们两个将幸福地生活在一起，而这种幸福是你们之前的恋人们从未体验过的。姑娘，就此把你所有的负担搁置在安拉那里吧，让你的身体在大地母亲那里休息一下吧，我们在梦境显现的尾声中看到的只有这片大地。"

咒符确实已经使她麻痹，于是她躺在地上睡去了。她看起来像是几天没有睡过觉，因此把头靠在我怀里甜睡起来，连赛义夫的到来都没有觉察到。赛义夫躺在我们身旁，我把她的头靠在我的胸前，给她喂我为她准备的水，以便将爱情填满她的心田，然后她的头又靠在我怀里，继续睡去。

赛义夫对我耳语道：

"她会好起来吗？她会属于我吗？"

"她真是天使啊！她将属于你，如果安拉允许的话。过几天，他们带着你的头颅来到她面前，要她把你埋葬到她父亲头颅的旁边时，她就不那么好了。"

他一声尖叫：

"什么？……"

我赶忙制止他：

"嘘，小伙子，别出声！要么就小点声，让她睡觉吧，她已经几天没有睡觉了。我看你很有爱，有纯洁的灵魂，你曾像他们一样吃过鬣狗的脑子吗？你不明白我说的话吗？没有人会从这场该死的战争中胜出。我曾对你讲过，我在关乎这场战争的景象中，再次看到了在并不靠近的未来蔓延四方的鲜血。因此，你离我远些去处理你的事情吧，不要像这样提高嗓门和我说话。"

赛义夫的眼神有些游离，一直在沉思着什么，然后他站起身，命令他的手下为我搭一顶新的帐篷，随后把他们中的一些人派出去，追逐一些我不知道的东西去了。

他还在关注沉睡中的阿芙拉，我看到他的神态非常优雅。

随后，为了不吵醒阿芙拉，我悄声对他说：

"你认为我们赞美的至高无上的安拉说的这句话：'安拉对众天神说我在大地上创造了哈里发'①，是什么意思呢？我们赞美的至高无上的安拉是说他的哈里发烧毁了作物、排干了牛羊乳房的乳汁、杀死了安拉禁止杀害的人吗？年轻人啊，我从没有在夫妻间挑拨离间，从没有犯下能让你将我烧毁在沙坑中的罪过，而我正在试图发现穆斯林彼此血液的区别。或许我已经误入歧途，或许我犯下了错误，但我真的看见过太多的骷髅头，我试图尽我所能去阻止战争，哪怕下场是火狱和糟糕的命运。年轻人啊，我们都是人类，包括那些你认为不会犯错误的人在内，我们所有人都会犯错。年轻人，遵循你的内心吧，放下你的迷惑和彷徨，迈向果园去栽种它吧，用你的心肝去耕种这漂亮姑娘的土地，或许当他们到来时，已经是一派和平景象，如果他们责怪你经受不住战争，并把你发落到女人们的小房间，那么在安拉那里一定发生过一千次穆斯林的血战了。"

终于，女孩打了个哈欠，苏醒了过来。她双颊绯红，眼中的疲倦与赤红已经消散。她看向我的眼神带着少女的羞涩，仿佛生怕我把她的秘密吐露给他。接着她把头从我怀中收回去，看向赛义夫，脸上的红晕更加明显了，眼中洋溢着对他的爱，于是他欣喜地高呼：

"阿芙拉，我的妻子啊。"

姑娘亲了亲我的额头，他也像她那样照做了。她低声对我耳语道：

"姨母，我们给你添麻烦了。"

我靠在赛义夫身旁，悄声说：

① 《古兰经》黄牛章：30节。

"孩子，你应该在你们在一起的第一年，像你犁地一样耕种你的这个阿芙拉。你要照顾她、守护她，她将成为你的树，你此前从未见过她那样的树。你要像沙漠中逃到芦荟树干里避难的迷途者一样，紧紧抱住她的肢体；你要像数个月找不到水源的迷途者一样，从她那里喝到饱足；你要对她心怀诚挚，就像信徒对神灵和圣地心怀真挚一般，只有这样，你才能达到目标。孩子啊，白天，你要把她如王冠般放在你的头顶，所有部族都没见过比这更好的王冠；夜晚，你要给她穿上破烂的软底靴，而不是那些装饰过的鞋子，这样她才能在里面休息；不要每天对她说她是你的偶像、你的女王，女人只喜欢她的猎人。她让你费心时，你要给予她一些时间，要让猜疑稍稍袭上她的心头，这种情感的暴露会让你神魂颠倒，或许也会成为她失去你的原因。你要让她时不时相信，你并不完全属于她，每当你能够这样做的时候，就把她带到伊甸园。"

赛义夫同我再见，并祝我平安，然后他把马牵到他的阿芙拉身旁，让她骑在马上，坐在他的身后，给她披上他的斗篷，以保护她的头发免受被风卷起的沙土的侵袭。她拥搂着他，两人一起出发了。我仍然对雷斯放不下心来，同时也牵挂我那变得空空如也的鞍袋。我观察着那些就要给我搭建好新帐篷的男人，突然感到一阵苦闷和忧愁，因为我从一群渴望鲜血的大军中拯救了一个情窦初开的青年，但只是拯救了一个青年，只是拯救了浩瀚沙海中的一粒沙。

雷斯离开我时，我正在沙漠中独自工作，他知道我对万物的伤害都可以免疫，但是对于人类，特别是其中的男人除外，因此他给我留下了他的短矛，而我只擅长把它当作手杖来倚靠。我倚靠在短矛上，凝望着太阳的表面。太阳快要落山了，我一眼不眨地凝望着那片越来越黑的天空，试图探知雷斯现在的命运。我确信赛义夫将会爱上寻觅雷斯的旅程，但他不会找到雷斯，就像我确信我就是他将奔赴的那个人，然而他却不会来到我面前。我现在正试图看到他行走过的任何道路，就像我试图猜测，我将在何时再次遇见他，并缓解他的一部分疯癫？我究竟会在什么地方遇见他？

第二天日出时，我完全看不到有关雷斯的任何踪迹，自从他背弃我逃走，而不是我离开他以后，我便一直待在原地。或许是看见了什么，我拒绝走进新帐篷，当太阳盘坐在子午线的中央时，我看见一骑马队的乌云向我奔腾而来，很快我弄清他们是赛义夫的手下，他们告诉我，他们曾四处寻找那个青年，甚至找遍了所有他可能藏身的洞穴，然而没有找到他，随后他们向我赠予了他们首领的礼物……一匹挽马^①、一群骆驼和两名白奴，那两个白奴还带来了新鲜的面包、鸡还有蜂蜜，于是我和他们一起大快朵颐，一直吃到饱足，并赞颂了安拉。我反复对两名白奴说，感谢他们首领的慷慨相赠，并对他的信使说："对你的首领说，我不需要这两个人，我无法供养他们俩。"我送还了他的第纳尔金币，说："孩子，我要用它们买什么呢？在这没有水的荒野上，有什么与我有关的东西可卖呢？我的双脚已经疲惫，无法支撑我跟在商贩的身后奔跑，这场战争中的某个走投无路的人或耗尽了耐性的人，将在看见我的那一刻，把它们从我手中夺走。你们的首领盛情邀请我在他的庄园里居住，我对此十分感谢，但是，孩子啊，我将继续行进在命运为我规划好的道路上。正如你所见，我的万宝袋空空如也，唯有我对他们二人的祝福，孩子，以我的名义，祝福他俩婚姻幸福，我

① 挽马，一种不能发声的母马，以松软的耳朵著称。

要在安拉保佑的平安中启程了。"

＊　＊　＊

太阳落山时，我把野兽从骆驼、挽马和小鸡身旁赶走了，随后我又赶走了鬣狗，鬣狗们两腿间的尾巴翻倒过来，它们的大笑声传遍了天空。早晨大部分的时间，我都在缝补宽大长袍上的破洞，而在阿芙拉给我送来新衣服和我走到哪里都可以随身携带的轻便草席后，在早晨里，我已经无事可做，自言自语道："那么事情可能会是这样的：当我到达库法的时候，我将在路上——一定会的——看到雷斯，他只会出现在我们决定一起走的那条路上。"我这已经变得像半只骡子一样的身体，付出了卓绝努力。我骑着可怜的挽马，身后的绳子牵引着一群骆驼，它们身上驮着粮食和淡水。我的眼前放着用来辨别方向的星星，这颗星星将带领小驼队向山路走去，从那里出发奔赴库法。

在旅途终点，我遇见欧麦尔·本·欧迪时，这次旅行才会结束。我应该就此终结这次旅行，然后将我的故事透露给一个我还没有指定过的女孩。有多少次我差点从悬崖上跳下？有多少次我曾希望自己能像过去一样，忘记一切而又被一切所遗忘？有多少次我曾高声呼喊，我不再需要这份虚无？我受尽爱恋的折磨与苦痛，而这份过于沉重的爱，让我在此后远离了狼群、毒蛇、疯狗和一切拥有犬齿和利爪的动物，甚至使我远离了生活本身的欲望。我挖掘坟墓，埋葬骸骼，是为了寻找一个我心思慕的男人的骸骼头，这是多么令人悲伤沮丧啊！我穷尽一生，仿佛过了几百年，一直在叫喊和号哭，甚至把人类送回到安拉希望他们呈现的模样。我走进生命，没有盖上被子，也没有佩戴任何让我引以为豪的装饰品，就这样来到除我以外的所有人类面前，甚至包括他们中无足轻重的人，因为当我从生命中走出时，将如同我进来时一样囊空如洗、手无半文。我曾见证了逝去的岁月，男人并不知晓自己将在何时人头落地。我曾亲眼看见那些获救的人们如何在沙漠的歧途中徘徊，从山丘或是岩石中吸吮少量的水滴，几乎要将这水滴沥干。

随后，我来到山间小路，在这里居留了几日。我放牧骆驼，以免它们在送给雷斯之前死去。我已吃光了所有的小鸡、面包屑和蜂蜜，不时感到萎靡无聊和无精打采，就像终日追逐雌羚羊的母狮最终看到羚羊突然坠入深渊时那样悲伤。我常常询问偶遇的某个战士："你们全副武装地跟着驼队奔赴巴士拉，是为了寻求什么？你们朝着那片废墟的方向迅速奔跑，是为了寻求什么？"我和他们彼此憎恶，相互厌烦。我一直都在猜想，太阳自无始以来便像这样邪恶地灼烧，永远不会离开天空，然而有一天日出时，我醒来发现它与往日不同，开始对我动了恻隐之心。它在夜晚离开天空，清澈的空中孕载着无数熠熠发光的繁星。当天空摇荡，风沙从它的枷锁中挣脱出来，扫去那些奔赴新的侵略征程或是新的坟墓的人们的影子。我在鼻子附近感受到一股浓烈的雷斯的气味，我确信雷斯就在距离我非常近的地方，于是我胡乱地支起帐篷，竖起耳朵去探寻他的声音，或许他会从东方或者西方走到我面前，我期盼着。

一只狗蹲坐在我面前，拒绝离开，我一边给它喂食，一边打量着它的黑牙，悄声说："你像我一样已经老了，朋友，你愿意和我待在一起吗？你愿意和我一起走到道路的尽头吗？我们彼此相依为命，好吗？"于是那只老迈的狗选择了和我待在一起。

　　几天以来我都没有听到过它的吠声，我不知道它叫起来时声音会是怎样的……有什么东西让它望向我，圆睁的眼睛中透露出疑惧的神情。或许它在端详那使我昏过去的东西，而像我一样无法领悟它是什么；或许它在惊讶猛禽飞过我的长袍却不会伤害我，而是试图越过我，到达它们想吃的任何食物面前。那条狗走过来，依附在我身旁，继续保持着它令人不安的沉默。终于有一天太阳升起时，我被它的吠声吵醒，看见它用两只脚直立站起，叫了好久，我竖起耳朵注意倾听，开始听到一个虚弱的声音，于是我呵斥它安静下来，和它一起细听：

　　"嘘！别出声！朋友，仔细听。"

　　于是我们听到一个声音，每当向我走近时，音量就一直在逐渐升高：

　　　　我们可曾预言过……你们中间将有些信徒淫荡堕落到了将在酒池里洗澡的程度？我们预言过的。

　　　　我们可曾呼喊过……天空将因你们过多的鲜血而呻吟？我们呼喊过的。

　　　　我们可曾提醒过……你们中将有人通过与你们区域中最强有力、最勇敢的女人结婚而跃上统治者的宝座？我们提醒过的。

　　　　我们可曾说过……你们中的统治者只会被毒死或被杀死，或被钉在十字架上，或被活埋，或被判处坐尖木桩①？我们说过的。

　　　　我们可曾告诉过……你们的粗鲁无礼、愚昧蠢

_____

① 被执行刺桩刑（用尖锐的木桩刺入肛门）。

笨、疏远隔阂和宗派主义将使你们走向灭亡？我们告诉过的。

　　我确定发出这声音的女人一定是个丧子的母亲，这些话正是雷斯不断重复的我说过的话，可他究竟在哪里呢？那个女人是怎么知道我这些话的？我有一种强烈的感觉，他就在附近。我像狗一样坐起身，延首远望，正想朝着声音的方向挪动几步，却看见那个女人穿着一身黑衣朝我的方向走来。她不停地重复我的话，经过我身旁，又走到前面继续赶路，仿佛我是荒野中的一块岩石一样，我在她走远之前大声呼叫她：

　　"穆斯林……"

　　她继续向前走，对周围视而不见，只是不停地高声重复那些话。我哀悼自己的坏运气，每当有人重复我的话时，安拉啊，这个人就要变得癫狂吗？她已走远了，这一次我对她拼命呼喊：

　　"穆斯林，请看在安拉面上，快停下，我有话要和你说。"

　　但是她转过身就跑了，仿佛是从被诅咒的恶魔身边逃走一样。我在原地缩成一团，对一切都感到绝望，双手抱头哀号道：

　　"哎，雷斯啊……哎你这个可怜的年轻人啊，我真是无能！"

　　我不停地号啕大哭，痛苦地悲啼，直到我发现有两只手将我的手握了起来，是那个女人，她终于不再重复我的话，并且回到了我面前，随后热切地说：

　　"你是谁？你真的认识雷斯吗？"

　　我清醒过来，一边盯着她看，一边听着头顶传来的声音……这是个中年女子，面庞白皙圆润，长相很标致，那双眼睛能够让逃亡者受到诱惑的重击，一头秀发不情愿地藏在帽子后面。几个月前，她成了寡妇，他们拆毁了她的房屋，将之夷为平地，还抢走了牲口圈里的小绵羊。我紧紧抓住她的手，就像即将淹死在沙海中的人，突然发现身旁有一棵伸手可及的枣椰树一样：

"他在哪儿？雷斯在哪儿？"

她平静地坐在我身边，我确信她已完全丧失了理智，我费了很大劲才从她语速飞快、逻辑不清的话语中理解了她所说的内容。我好不容易才弄明白，雷斯把头探进某口井中想要喝水时，被水井的臭气熏倒了。他吸进了恶臭的空气，因并因为这种令人窒息的臭气而晕了过去。那些天，他一直在生病，人们很惶惑，不知如何才能治好他的病，他们给他喂下了所有治疗被臭气熏倒病症的药，但都没有成功。他倒在井中，失去了知觉，身体一动不动，甚至连手指都不能动一下。

"穆斯林啊，我以安拉的名义恳求你，请把他带到我面前吧，我会治好他的病，他会像小马驹一样双腿直立着站起来的，如果不是这样，太阳不会重新升起的。"

她继续不停地像轰炸一样，对我说出那些混淆错乱的话语，我发现她很絮叨，脑海中突然闪现出一个念头，于是对她大喝一声：

"你这蠢女人，快闭嘴，听我说。"

她立刻住了嘴，仿佛在唠叨时仔细倾听了我的话。我的呵斥使让她为之一振，由于某种原因，她竟听懂了我对她说的一切。她收紧了精神，缓缓地说：

"真的，你是罗马人的女儿萨乌黛，你就是雷斯给我们讲的

127

那个人，他总是没完没了地谈到你，我知道你的。"

我以同样缓慢的语调，用充满愤怒的声音恐吓：

"很好，雷斯在哪儿呢？我和你说过了……你要把他带到我面前。"

"是的，是的，但是他无法起床，他现在就像不能呼吸的破衣服一样。族人的首领下了命令，要他待在原处不要动，直到把病治好。我是下过决心从家里逃出来的，现在我应该和你一起回去，赞美安拉！那个年轻人从两天前就一直在说胡话，他说得很对：罗马人的女儿萨乌黛将追随我来到这里，当她来寻找我时，请让她进来吧。"

天色不早，太阳快要下山了。那个女人帮我骑上挽马，她自己骑上母驼，身后牵拉着我所有的行囊，我们缓步走在回她家的路上，一路上，她一直在不停地唠叨。我深信夜幕降临前雷斯会活过来的，但仍十分渴望去拯救他。那个女人啰唆起来，真是永不停歇。她告诉我，六个月前，他们带着她丈夫的头颅来到她面前，她从前是他的女奴，然后爱上了男主人，他便娶她为妻。她爱她丈夫爱到疯狂，但是她并没有给他生出后代。现在，她带着遗产回到了丈夫的哥哥家。她像雌羚羊憎恶猛兽一样憎恶丈夫的哥哥。那个哥哥现在想娶她为妻，却不给她任何说法，由于她拒绝了他，而且持续辱骂他，所以他不停地殴打她。她没有将可能继承的任何遗产转给他，所以，他横加阻拦，不让她结婚。她从早到晚都在向他解释，他弟弟所拥有的全部财产，都已经和他的房子和葡萄园一起被烧掉了，可是他仍像任何一个蠢蛋一样，不停地反复说：

"你自己还没有被烧掉呢，你还活着呢。"

他一直纠缠着她，直到她死去。

这就是那个男人，部落首领，我们现在正动身朝他家的方向走去。挽马在我身下用牙齿咬住它的口衔，渴望向前奔跑，我的全部注意力都开始关注它，努力控制住它。除了用缰绳，恐怕没有什么东西能够让那个女人停止唠叨。过了一会儿，我们看到了某个枣椰林庄园的边界，从远处看去，我似乎看到有一小撮人在锄地和挖井。那个女人高喊一声，仿佛切断了滔滔不绝、口若悬河的洪流，她的故事也没能讲完：

"我们到了，这就是卡阿高欧·本·法里斯的家。"

接着她又号啕大哭起来：

"我真伤心呀，真伤心呀！我是多么痛恨他啊！现在他还会继续殴打我、虐待我。"

我走下挽马，将缰绳交给一个白奴。那个女人用力拉拽着我笨重的身体，喊我进房间。我反复要求她冷静，呵斥道：

"女人，冷静一点儿，只有首领允许后，我才能进去。你难道没有听过先知教导我们：没有得到准许的话，不要进入别人的房间。"

我在骆驼旁边不远的地方跪了下来，注视着弯下脖颈自由吃草的马群、武装着长矛短矛的士兵，直到看见一群人从房子里出来，从容地向我走来。他们中领头的是一位老者，他面色红润，容貌英俊，表情威严，仪表堂堂。他随意做了一个手势，召唤我和他一起走，于是我像母驼一样，从跪着的姿势站起，加入他们行进的行列，他一遍一遍地说着，对我表示欢迎：

"你来了，非常欢迎，妹妹啊，欢迎，热烈欢迎。"

他们把我带到他座位前空地的中央。像那些急于处理各种事物的人习惯的那样，他走路飞快，而我像乌龟一样，一边打着哈欠，一边踏过雪花大理石地面。我一直注视着四周，而我的眼中一定显露出了我的张皇失措……他的那张大大的椅子紧挨着床榻，椅子上镶着金银饰品，周围散布着几个长椅，还有装饰着金线和纯色半圆花边的地毯。大理石圆柱上方放置着一些特制的玻璃瓶，散发出麝香、龙涎香等香料的香气，圆柱上方有一些还没有被点亮的灯，落日的余晖映照在闪闪发光的玻璃瓶上，发出了薄暮般的光芒。他让我坐在他的座位近旁，于是我主动和他开起了玩笑：

"真了不起，我是掉入了类似贝尔齐拾皇帝宝座的地方吗？"

他先是友好地笑了笑，然后高声大笑起来，说：

"妹妹啊，哪里有什么贝尔齐拾皇帝的宝座！欢迎你回到自己家，真的，自从我们听说你的那一刻起，我们就知道你是一个了不起的预言家。"

我打量着他，试图从他身上发现那个女人描述的痕迹。那个女人佯称自己是他的弟媳妇，说他是一个贪婪的暴君，可我看到这位首领却只是一个宽厚待客、帮助人们驱散忧愁、拯救命运的老者。他是最慷慨的阿拉伯男人，找他寻求帮助的人中，没有人失望而归。由于他对待女人非常贞节，对于消遣娱乐奉行禁欲主义，所以人们传说他是个阳痿者。他披着斗篷大摇大摆地走路，仿佛那闪亮的斗篷是薄暮中的龟壳，他头戴的缠头巾上镶嵌着黄金、红宝石和祖母绿宝石。我知道他是一名波斯人，在第一任哈里发艾卜·伯克尔（愿安拉喜爱他）时期就皈依了伊斯兰教。他逃离了战争罪恶，将沙漠中央的这片遥远地带当作自己的住宅以及家人和钱财的避难所，并且爱恋着这片沙土与宁静。他为了能够从容地背记安拉的经典而远离了安拉崇拜者的喧嚣，他说阿拉伯语时稍微有些口吃，但是谈论到她时却口齿伶俐。形形色色的女邻居们在他面前你来我往，她们中有来自麦地那的柏柏尔接生婆，有高个子的白人，有褐色血液的女人以及来自巴士拉的黄皮肤的接生婆。我舔着嘴唇，用目光搜寻那个女人，也就是他的弟妹，一边在思考一个问题：如果所有那些迷人的女人们都是他誓言的财产，那他为什么要把这个女人当作他的一件遗产紧紧纠缠不放？不过我忍住了，没有把这个疑问说出来，恳求他：

"先生，可以允许我看一眼雷斯吗？"

"当然可以，但在吃过饭之后吧，我们正在医治病人。"

我坐卧不安地保持着沉默，他们在我面前摆放了一大木盘浓稠的肉汤，肉汤里能看到浮现的鸡肉，还有一大盘米饭和红烧全羊，以及几杯不同颜色的饮品，我只认识其中的红石榴汁，于是拿了石榴汁来喝。我一时无法估算这些佳肴的数量，从没看过这么多丰盛的食物聚集在同一个筵席上。在沙漠中，我只看到过这片土地上的人类从战争的灼热中奔逃出来，为了瓜分能让他们大口吞下的屎壳郎而相互斗争，除此以外，我还看见过其他东西吗？

有个女奴拿着一个有柄的水罐走到我面前，我在水罐里洗了手，赞颂了安拉和老者的慷慨，对他说：

"您太慷慨了，先生！我是多么喜爱您的慷慨和您的事迹啊！请不要对我进入您尊贵宫殿时所表现出来的张皇失措感到惊讶，我从未想到会有这样的景象，我只看到过沙漠中的饥荒和饥饿的穆斯林们，他们昼夜徘徊，从暴动的炽灼逃向荒野。先生啊，我们遇见的枣椰树中，甚至找不到一粒不成熟的椰枣，能让我们在树下捡拾它的枣核，挤出它的汁液，让我们不会被饿死。"

我看到他的双眼似乎闪烁着泪光。他颤抖着离开座位，哽咽道：

"妹妹啊，快跟我来！现在该去见雷斯了，你知道他把我认作远房亲戚吗？"

老人把我带到庭院的一个小房间，房间中央有一张柔软的床榻，雷斯躺在床上，肌肤泛黄，快要断气了。这就是那个为了给我带来东西而周游各地，以让我接近梦想和接近布杜尔事业的人，现在却抱病出现在我面前，全身上下连一根手指都无力活动一下。

我探摸着雷斯冰冷的额头，一直在身旁注视着他。这时老人忙自己的事务去了，他从波斯带回的泥水匠似乎正在为他建造宫殿。离开前，他已经吩咐仆人为我带来所有我想要的东西，并且让他们一直在我身旁候命。老人回到雷斯的小房间时，已经是深夜了，尽管我的眼皮几乎抬不起来，但还是努力睁开眼睛给雷斯——如果安拉允许的话，他会痊愈的——呷几口玫瑰水。我观察着他，他的脸已经恢复了本色，身上也恢复了一点儿力气。

他不停地打呵欠，仿佛已经睡了一个世代那么久。老人刚一看到他，就坐在他身旁，兴高采烈地欢呼道：

"好极了……妙极了！这是天意！安拉是万能的，他是慷慨的小伙子，别怕。"

我端着一杯为他准备的植物水，递给老人，这些植物是他们带给我的。我尽量克服掉羞怯，对他说：

"先生，这是给你的，如果安拉允许的话，现在该是去除你尊贵身体中可恶的水肿病的时刻了。"

他迟疑而惶惑地从我手中接过茶杯，并不相信我的话，但是他一边说着"奉至仁至慈的安拉之名、安拉让人痊愈"，一边将植物水一饮而尽，然后反复说：

"妹妹啊，此话当真？安拉赐福你，安拉赐福你。"

接着，我开始给他讲发生在我和雷斯之间的故事，老人饶有兴趣地侧耳细听，故事的美好如同科学家和诗人一般让他感到甘甜。于是我给他讲述自己遇到雷斯以来发生的各种事情，他时而哈哈大笑，甚至仰卧在地上，时而热泪盈眶，在我讲到骷髅头故事和我们吃的戴胜鸟、屎壳郎、蛇、甲虫和蝎子等所有安拉的仆人感到恶心的食物时又强行打断我，我赶紧跳转到其他故事。我不知自己为何没有漏掉自己和雷斯旅行中的任何故事，连他为了让我在法老的土地上从事布杜尔的事业，几次远赴旅行以及几次来来往往为我寻找这片沙漠中生长不出的植物的故事，我都讲了出来。这时，老人垂下头，低声咕哝了一句："布杜尔！"然后看着远方陷入沉思。接着他沉默良久，我以为他不再有兴趣和我继续闲谈，但他最终还是开了口，仿佛在寻求一条通往真理的坦途，从容淡定地说：

"妹妹啊，我从男人和禁欲主义者那里收集了多少古人的故事啊，却从没在这些故事中听说过那个布杜尔！我在古代经典中读过埃及古代科普特国王泽巴的女儿杜露卡和她所处的时代，你在你故事开头提到的关于她的事的确是事实，杜露卡是埃及古代科普特国王泽巴的女儿，在法老及其在下埃及的军队灭亡后，她是第一个掌控国家权柄的人。当骑士中不再有人能捍卫国家时，杜露卡便开始修建从东西南北四个方向环绕埃及的城墙，把建有农场、城市、村庄和古迹的所有土地都圈围起来。她没有建造水流汇聚的海湾，而是建造了拱桥和沟渠，然后在城墙上每隔三英里设置一批全副武装的卫兵，还给他们配备了钟铃。当侵犯从任何方向来袭时，这些钟铃都会铿锵作响，杜露卡以此保护了埃及免受那些对它不怀好意的人的侵害。据说她用了六个月的时间建造了那座城墙；据说她让凶猛的鳄鱼环绕在城墙周围，以击退陆地和海洋中的猛兽，让那些心怀邪念的人类远离她的国家；据说她和平统治她的帝国将近二十年；据说她去世时接近一百六十岁高龄。这就是我在古代经典著作中读到的有关杜露卡和她所处的世代以及她的城墙的故事。人们把她的城墙称作'老太婆的城墙'，妹妹啊，可是我不记得这个布杜尔是在故事中的哪个地方了。"

* * *

现在轮到我久久不作声了，我思考着老人讲的故事，一直沉默。雷斯打断了这份沉默，他用筋疲力尽、断断续续的声音嘟囔着什么，仿佛这声音是从井底传出的：

我们可曾预言过……你们将避开你们的猛兽、逃离你们的鬣狗？我们曾预言过的。

我们可曾给你们讲述过鬣狗的故事，它们因为对人肉的过度需求而去挖掘坟墓，如果没有在地面上找到人肉，它们便会到地下去寻找？我们讲述过的。

我们可曾提醒过……那些让你们肆意妄为砍断别人脖颈的人们，将使你们遭遇溃败，让你们铩羽而归，让你们遭遇极度的卑贱和屈辱，让你们对面前的一切感到忧伤？我们提醒过的。

我们可曾说过……它将变成一片废墟，你们将在鲜血中感受滔天骇浪？我们说过的。

　　我们可曾告诉过……一段时日之后，太阳将从西方升起？我们说过的。

老人哈哈大笑，声音高昂而清澈，他斥责道：

"年轻人，愿你吃点苦头吧！雷斯啊，这是卡阿高欧的家，不是让你欢腾跳跃的旷野。"

雷斯用手臂支撑着坐了起来，他满脸欢喜，责备我说：

"萨乌黛啊，你来晚了，我差点死在这里，我仔细听你说，你能给我讲讲那些恶棍都对你做了什么吗？我在睡梦中时，你们谈论起我的声音悄悄溜进我的耳中，就像潺潺的溪水声悄悄溜进梦境，让这梦境更加甜美一样。"

接着他把目光转向老人，对他说：

"叔叔，您知道吗？我曾到访过埃及，在那里遇到了很多撰写历史卷宗的人，他们所有人都十分了解布杜尔，也知道她的工作。"

我给雷斯讲了赛义夫和他手下的事，还有他的阿芙拉如何把我从填满干柴的沙坑中解救出来，一直讲到我如何获得一群骆驼、一匹挽马和几只鸡，又如何遇到一个不停重复我说过的话的疯癫女人。疲惫困顿的老人刚刚起身告辞，回自己的卧室去睡觉，雷斯就从床上逃到我身边，像真正的疯子一般，惊惧地对我耳语道：

"我已经痊愈了，我们赶快离开，继续上路吧。罗马人的女儿啊，你不要担心，我将带给你鞍袋中被他们毁坏的所有东西，我们将继续跟在他们身后匍匐行进，或许我们能够抵御他们在这个国家和所有人类中散布的危害。"

我抓住他的手，让他留在原处：

"坚持住，年轻人，忍耐一下，我们一定是要继续上路的，但是要过了明天，直到你痊愈以后才行，我们要向这房子的主人告辞，而不是这样不辞而别，我要答谢他的款待。"

随后，我们真的在卡阿高欧的家中逗留了两天一晚。我们在他院落的枣椰林间漫步，坐在石榴树下夜谈，谈论正在爆发的战争以及尘世和后世的生活。我向他询问道：

"雷斯，是什么诱惑男人们放弃这样的乐园，把他们的家园和家人留给废墟，将脸朝向死亡或是地狱的方向？"

雷斯开始将目光看向远处，仿佛倾吐秘密一般对我低声耳语，他的声音像极了断断续续的小鸟的鸣啭声：

"体面……名声，妹妹啊，有一个魔鬼的名字叫名声，或者叫永存，或许叫自命不凡或傲慢，妹妹，你选一个你想要的名称吧。我掉落到深井里，不知道发生了什么，却在等待爬上更高的架子，这时你知道我看见了什么吗？我看到人们像极了我们遇到的那些战士和背着战鼓的骑士，他们在翘首远望，双手伸向天空。我一直在环顾四周，自问道：'这些焦躁的人们在争夺什么呢？'或许我知道他们期许从天空中得到什么。突然我看见有什么东西如星星般点缀着夜晚的沙漠，但是它们越接近大地，体积就变得越大……它们光芒四射、熠熠生辉！这些星星悬挂在天空与大地之间，每颗星星上都清晰地写着安拉的九十九个美名，接着我注意到，这些人们正试图抵达这些星星，以便抓住它们。我看见他们中的某个人为了得到那颗上面写着'全能'的星星，是如何挖掉站在他身旁人的眼睛的，他们中的某个人为了得到那颗上面写着'强大'的星星，又是如何砍掉他旁边人的脑袋的。我一直抬眼望向天空，仔细研究星星

136

上闪耀着的名字，随后我的目光落在大地上，观察人类犯下的罪行。现在他们正跟在繁星后面奔跑，这些星星把他们甩在身后，当着他们的面逃跑了。他们如同旅途中的一群鬣狗，其中一个刚倒下，其他鬣狗就开始吃咬它，然后追逐着星星继续奔跑，而那些星星却逐渐远离他们。很久以来，我都处于这种状态，直到我听到你在我身旁说话的声音，这种状态才结束。妹妹啊，你使我想起了所有爱情和这场救赎。"

我的泪水喷涌而出，找不到任何语言来回复他的梦境，许久的沉默在我们之间蔓延开来，直到雷斯亲自打破了沉默，他突然哽咽道：

"看在安拉面上，妹妹啊，请对我说实话，我是已经疯癫了吗？"

大地可以轻而易举地将我一口吞噬掉成千上万次，我说：

"年轻人，疯癫二字自无始以来就已经在你的额头上写明了，哎，雷斯啊，真希望我能够用自己的双眼将你赎回来。"

雷斯没有理睬我，一言不发地走向院子，真希望我当时没有对他说实话。他的疯癫开始以大火吞噬枯草的速度日复一日地吞噬他的存在。我决定带他远离这座家园，卡阿高欧老人不希望我们离开，一直在拖延我们离开的行期，同时命令他的仆人为我们备办更多的食物和干粮。我们准备了一些斗篷和无叶的枣椰树枝，整装待发时，老人开始安慰我。我用手握住一片薄薄的白色石头和几片枣椰叶柄，仔细端详上面的字。我看向雷斯，试图吸引他的注意力，对他说：

"雷斯，你读过这个了吗？你知道的，我不识字。"

他没有回答我，而是兴奋地关注着一只正在捕猎蚊子的苍蝇，苍蝇把蚊子吃掉了，当这只苍蝇尾随一只蜜蜂然后把蜜蜂也吃掉时，雷斯提高嗓门欢呼赞颂安拉，仿佛被什么东西刺激到了一样。这次，他声音甘甜，笑容里带着凋零的哀伤：

　　　　我们可曾预言过……仇恨将把你们的五脏六腑烧毁殆尽？我们预言过的。

　　　　我们可曾说过……你们将成为杀人者和被杀者、劫掠者和被抢者、暴虐者和被压迫者？我们说过的。

　　　　我们可曾在旷野中呼喊过……那些将要走在你们前面和将要追赶上你们的民族，将会嘲笑你们的愚蠢？我们呼喊过的。

　　　　我们可曾给你们讲述过那些像国王一样的人的故事？他们登上帝王宝座，然后凭一时的兴致，就要变成被崇拜的神灵，我们讲述过的。

　　　　我们可曾提醒过……你们将一直把那些并不神圣的事物崇为神圣，并且当你们听说它时，将走在奉承谄媚者的道路上？我们提醒过的。

我对老人耳语道：

"真的！这些并不是我说过的话。"

老人微笑着抚摩雷斯的头说：

"雷斯啊，你真是安拉的爱人，你将与孩童们一起在天堂里嬉戏玩耍，你属于那种舍弃了尘世中的一切，并且不会悲伤的人，我知道你会有福的。"

我向老人靠得更近，小心地对他耳语，以免让雷斯听到我的话。我对老人说：

"老人家啊，有个疑问在我心里占据了太大的位置，我的

138

心就快要爆炸了。我很清楚这件事与我无关，但是如果我问您这个问题的话，还请您原谅我，只有您令人信服的回答才能将我从对这个问题的执念中拯救出来。这个把我带到您家里的女人……"

他没有给我机会让我把话说完。他皱着眉头，没有生气，却带着羞愧和悲伤，同样对我耳语说：

"妹妹啊，我以为你能回答这个问题。自从他们把她丈夫，也就是我弟弟的脑袋扔到她怀里以后，她便完全疯了。她很爱他，甚至到了崇拜的地步。从那日起，她每天赤身裸体离开家，出走到荒野中，我派人跟在她后面，把她带回到我面前。我们曾想方设法给她治病，现在却只能祈祷安拉让她恢复理智，让她嫁一个让她满意的丈夫。"

我惭愧地把脸贴在地面上，随后他帮助我们骑上我们的牲口。出发以前，他抓住了我骑的母驼的笼头，这时雷斯已经出发了，骑着挽马走在我前面，那挽马正咀嚼着笼头和马衔，口水流了一地。我自嘲地说：

"真像是半头母驼骑在了一头母驼上啊！"

然后他回应我的自嘲说：

"妹妹啊，你知道吗？男人是女人唯一真实的镜子，那个让你看到自己全部丑陋的男人难道不该死吗？女人啊，那是你镜子的过错，真的，我只看到你是一个娇艳妩媚的女人。"

听了老人的这些话，我惊逃而走，哪怕一瞬间，我都不曾这样想过。我向他道了别，催促母驼追赶雷斯，同时仔细倾听着我刚才抛向他耳边低语的回声：

"尊贵的老人啊，我不知道布杜尔是否真实存在，就像我不知道把我的这些话溶解在水里，和草本植物混合在一起是否有效一样，但是让我问问您，在我之前曾有多少名医生给您治疗过？您曾吃下过多少吨的苦艾、甘菊、延命菊？您曾喝了多少母驼的奶以代替食物和水的进食？先生啊，难道您不觉得这个世界或许在忍受着话语和安拉万物做出的重大行动吗？"

*　　*　　*

姑娘啊，现在我们又一次回到了沙漠、旷野和荒地，我们越是深入其中，就越是远离了人类、草木、水源和动物。我们变得警觉起来，避免像那群苍蝇一样，在鬣狗闭上它们的大嘴时，被捕获到它们嘴中，成为它们齿间残余腐尸的食物。我们从战争中逃离出来，却又向战争走去——在这天际间，除战争之外，别无其他——我们追随着部队的大军，仿佛我们是追逐商队中的死胎并以此作为食物的猛禽。我们身后是败北的溃军，天空中布满了他们的嘶吼声。正午的酷热炙烤着周围的一切，炙烤着我们的肌肤，我已十分虚弱，这种状态使我无力把眼前那成群的苍蝇赶走。就像挽马已经死去，而母驼饿得跪倒在地以后，这些土地上只剩下我们一样，我们只能割开它们的肚子，把它们宰杀掉，吃掉它们身上可以让我们抵挡数天饥饿的部分，再把其他部分腌制起来，将其作为我们奔赴库法道路上的粮食给养。经过了数月数日烈日炎炎下的行走和旷日持久的口干舌燥，我们时而跌倒，时而爬起，时而像骆驼一样伏卧在地。我们被路上的骷髅骨绊倒，于是用脚把它们踢向天际。我知道自己将死于远离自己出生地的旷野中，但是每经过一个地方时，我都会自问："究竟这就是最终的结局吗？"我把这淹没我灵魂的沙土想象成枣椰林、葡萄园和羊群，沙漠的蜃景对我施以重大惩罚，我蒙上双眼，以便从四面八方都炫目耀眼的溪流中逃离出来。我的所有注意力都集中在保护雷斯从他的头箍里释放出来的残存的理智上面。我正处于接连发作的恍惚边缘时，他突然朝天发出一声惊叫：

"赞美安拉，全世界的主啊，那是一条闪亮的小溪，萨乌黛。"

开始时，我并不相信他，而是站在那里，仿佛自己是自大地被发现以来。就这样挺立在沙漠中的岩石，可是我发现空气变得更加湿润了。他拉着我的手，于是我靠向他身旁，直到相信了那真的是水，我一饮而尽，这水是多么甘甜啊！雷斯将水洒向我，一直在唠叨着：

"似乎在我们之前，从没有人类触碰过它，萨乌黛啊，这水就像是安拉为我们从天园里投下来的。"

我们在这里逗留得更久，准备在荒无人烟的小溪旁休息一下。在这溪水旁，我没有瞥见安拉不计其数的万物中任何一个生物的痕迹，仿佛它真的是海市蜃楼，或是最伟大的造物主捏造出来的，过一会儿或许就会被他收回。但是我们知道，我们和底格里斯河之间相隔的日夜的数量，或许不会超过两只手的全部手指了。我望向天空，有一只鸢自数日前就像云朵一样跟随着我，我还以为它在我抵达这条小溪前就已经死去了。有些清晨我从睡梦中醒来时，发现他的双眼正目不转睛地注视着我的脸，看上去像是已经盯着我看了很久。最近几个月，我非常害怕他，以至我开始像兔子一样睁着眼睛睡觉。他走到我近前，在我耳边低语。他在向我窃窃私语时，旷野之中，仿佛只有安拉能听见我们的话：

"女人，你欺骗了我，你用承诺把我灌醉了，你知道你是不会死于这些承诺的，女人，你这个女巫可真坏呀！女人，布杜尔的事业在哪儿呢？难道我没有把你需要的一切都带给你吗？这场战争已经快要结束了，很多灵魂都在这场战争中被杀死了。"

接着他开始提高音量，仿佛是在讲台上发表演说：

"萨乌黛啊，我曾去库法，在那片土地上为你准备了库法溪流旁枣椰树上的一捆无叶的枣椰树枝，抑或你将不会询问我有关我去库法旅行的事情？"

接着，他的声音更大了，几乎是在叫喊：

"女人，我曾在那里见到过他，我曾见到过你的这位欧麦尔·本·欧迪，我从没对你隐藏过秘密，女人，我只有看到他之后，才会感到放心。"

接着，他开始不停哈哈大笑。一天天过去了，他的笑声越来越像鬣狗的咆哮声，我在这笑声中勉强听见他说话。

"女人，他身上有一股恶臭，他比蝎子还愚蠢，他的声音像是猴子。女人啊，我并不排除这种可能，就是他本人在这场战争中所起到的唯一作用只是狐狸无与伦比的武器，我的意思是说耍滑头和装死。对他的怨恨搓捻着我的心，于是我来到他跟前，走到他近旁，突然闻到他身上发出的恶臭，它比戴胜鸟的气味还要臭，我几乎在他面前失去了意识。我的所有关注点都变成了要回忆起一些细节并告诉他。他面前有一杯亚力酒，他将酒一饮而尽，之后酩酊大醉，口水飞溅到下巴颏的胡须上。他的嘴里嚼着什么，同时用脚趾在沙土上描画着，而描画的内容却注意不到脚趾的动作。"

姑娘啊，我的心几年前就已破碎了，我厌倦了去计算究竟有多少年。可是我以前从来没有经历过这样的疼痛，于是我开始收集他的碎片和我的声音，我咕哝着说：

"年轻人，别出声！你用你幻想虚构出来的愚蠢故事欺骗了我，好让你自己发疯。"

他又对我低声耳语，像小鸟一样在我周围跳跃着。自从我们离开老人，我就不知他的双脚发生了什么，他已经不再正常走路，而是一跳一跳地蹦着走，仿佛生来如此，就像从不走路而只是跳跃的小鸟一样。他两只小腿并拢，随后跳跃着，再用整个身体转向挽马，一直在跳跃，尝试了不知多少次，直到终于成功骑在了挽马身上，他这样子多么惹人发笑啊！

"不是的，妹妹，我确实已经和他见了面，我不知道自己为什么要对你隐瞒这件事。"

然后他重新恢复了大声喊叫。

"女人，他像老迈的狗一样，有着最黑的臼齿，你的这个欧麦尔，他是最丑陋的。他像乌鸦一样卑贱，有着既软弱又不锋利的爪，因而无力去捕获猎物，也就是说，像他这样卑贱的人，就像乌鸦一般，发现腐尸时，它只能从中获取因消瘦而死的那一只。他跪卧在原地，像所有弱小的鸟类一样吃着腐尸。我听到他们交头接耳地谈论他，说他是这场大叛乱中贩卖武器的商贩，说他发了横财，说他酷爱战争和宗教事务，甚至在战争开始之前就从远处知道谁是战败者，谁又是胜利者。他在溪流边一个肮脏的帐篷里收集战争给他带来的大量陶瓷罐，它们比我见到过的任何瓷罐都要精美，无数堪他尔[①]的纯金块像石头一样散布在他周围，金币装满了无数个牛皮袋。我主动向他问好时，他整个人绊倒了，向我倚靠过来，以便能够站稳，接着支支吾吾，对我呵斥道：

---

① 埃及重量名，约等于 44.928 公斤。

'你母亲真该死！你这家伙是谁？'

他盯着我看了好久，然后再一次跪卧在他的位置上。妹妹啊，这是我第一次千真万确地知道，我已经疯了，或者说我几乎快要疯了。接着，你的这位欧麦尔试图哈哈大笑，但是他的脑袋低垂在胸前，于是顷刻间抬起头，仿佛嘴里含着水一样说：

'年轻人，你是诗人吗？我认识你，你这个没长胡子的家伙，如我所预言的，你是半个诗人和半个疯子。很好，年轻人，很好，你坐下，今天安拉给我派来了一个伙伴，让我听听你是如何赞美欧麦尔·本·欧迪的，我会奖赏给你一袋金子。快开始吧，年轻人，你现在沉默什么呢？'

随后他马上说：

'当然，当然了，或许你还不认识我，年轻人……'

接着他像受伤的猴子一样大叫，仿佛在大哭一般，万分惊讶地问道：

'年轻人，或者说你不认识欧麦尔·本·欧迪？'

姑娘啊，他的口若悬河惹怒了我，于是我打断了他的话。我意识到，他正在讲述确实发生过而我却并不想了解的事情。

"年轻人，你说得太多了，很好，够了，不要再诋毁欧迪家的人了。"

可是他仿佛没听见我说话似的，或是好像我在催促他把故事讲完一样，于是他继续说：

"然后他就像一只因站在国王鼻子上而骄傲的苍蝇一样，重新正声说：

'我是欧麦尔·本·欧迪，我就是哈里发拿着小手杖跟着一起玩的人，我的部族有最优秀的血统和最高贵的出身，我们的房子自阿丹从乐园降落到人间一直到现在，从没有被火烧毁过，从易卜拉欣（愿安拉保佑他）直到现在，我们一直是家中礼拜堂的司事。我们是战争中胜出的一方，而不是乌鸦。'

他默不作声，用两只半睁半闭的眼睛再次看向我，口水从他下垂的嘴唇中流出来，这时我在他面前倾下身，略微嘲讽地说：

'先生啊，是您自己说的，我只是半个诗人，那么您何不恕我提个问题，并且敞开心胸听我提问呢？我找到一句诗，很适合您，您将永远处于这句诗所描述的状态。'

他因极度慵懒而无力说话，只是像生了疥癣的母山羊一般，一直在点头。我朝着帐篷门的方向爬行，他都没有斜眼看我一眼：

'阿拉伯人的首领啊，您愿意让我为您在鬣狗身上附着一些值得称赞的习性吗？或者任何魔鬼在地面上最丑陋的影子？我是否要称赞您说，魔鬼将亲自跪拜在您的双膝前，对他所做的一切亲自给予称赞和奖励？我是否要颂扬您那只有狼才会拥有的鼻子，这鼻子嗅到人血的气味，您就要为这个人祈求至仁至慈的安拉的怜悯？您是否喜欢我为您数一数，就像我们同国王的誓约一样，他们被您挥剑斩首，身体摔倒在他们自己面前，而您将他们中的多少死者抛弃在了旷野中？我曾亲眼看见，他们被暴露在野外，腹部胀起，仰面朝天，于是鬣狗在他们身上落脚，连骨头都不剩地将他们的尸体一口吞下，同时我端详着他们定睛看向天空的眼神，您希望我把您描述得像黑色一样吗？可是先生啊，当我看见它们吃相难看或者完全吃不下去时，我又能做些什么呢？抑或您更愿意如我所看见您这般，成为阿拉伯民族此前从未见到过的无与伦比的活人杀手吗？'

145

接着我站在帐篷门口对他说：

'你知道吗？本·欧迪啊，我将在旷野中的死者中间寻找你——这是无疑的——我知道这一天很快就会到来。在我的生命中，我将至少一次试图模仿你们，我将做出信德[1]做过的事情，我要切开你的大肚腩，从中取出肝脏并咀嚼它，只有在那时我才会知道，什么是鬣狗肝脏真正的食物，尤其当它是一只荒淫而背信弃义的鬣狗的时候。'

他仿佛在驱赶苍蝇一般，轻蔑地挥了一下手，而在我看来，他好像是在用临终时喉头的咯咯声发出大笑，脑袋很快就会掉落在胸前。他平静地说：

'不要紧，年轻人，你不必担心！从你来到的这个或是旷野或是地狱的地方离开吧，这两者对我来说没有什么不同。'

接着他召唤过来一名酩酊大醉的白奴，小声嘀咕着，我不知道他在说些什么。当我撒腿奔逃时，发现那个白奴伸出舌头，气喘吁吁地跟在我身后。他把一根牵着雌羚羊脖颈的绳子塞入我的右手，把一只盛酒的皮袋放到我的左手中，于是我开始笑出声来。我在想，这个长着扁平鼻子的傻子是从哪里获知我和女巫一起做事的？他怎么会知道把那些东西赠送给我，以此来抵御巫术的伤害？那个酩酊的白奴用剑剖开了骡子的腹部，于是我来到市场上，用皮袋中所有的酒浇灌苦西瓜[2]树，它原本或许可以结出果实，但由此却无法结果了。然后，我把那

---

① 阿特巴·本·拉比阿的女儿信德，残害了穆斯林领袖哈姆宰·本·阿布杜·麦特莱布，她剖开他的腹部，吃掉他的内脏，以报其杀死自己父亲、伯父和兄长之仇。她是使者穆罕默德准许对其格杀勿论的四个女人之一。当她皈依伊斯兰教，向安拉悔罪后，穆罕默德宽恕了她。

① 葫芦科植物，做猛泻剂。

只雌羚羊放生给需要它的人，并用五十个第纳尔金币买下一只母骡。这些金币是我从你的骡子欧麦尔那里抢来的，无论是他还是他的白奴们，都没有觉察出我做了什么。然后我回到你身边，你便向我询问一只发出恶臭气味的白色母骡的事情。"

由于长时间的持续嘶喊，他的声音变弱了，在我看来，他正在接近某种悲啼时喉头发出的咯咯声，然而他仍在继续跳跃，可这跳跃却不再像之前日子里那般引人发笑了。他用更高的音调嘶喊道：

"女人，你呀，你就像是狗尾巴，你会因为你这个霉烂的男人而发怒，除了他，你别无所求，你这个女人啊，比鸽子还愚蠢，你……"

然后他突然停止了跳跃，开始气喘吁吁地说：

"女人，你就像是蠢母鸡一样，那些蠢母鸡紧紧抓住一棵树不放，几十只猛兽经过它们时，它们通过诱骗猛兽而获得自救，然而胡狼经过时，它们便主动向胡狼投怀送抱。"

接着他走到我近旁，眼中充满了愤怒和恐吓：

"女人，或许你现在不要继续爱那只鬣狗了，以免天园中的一个影子遮蔽不住你们两人的影子，到了那天，至仁至慈的安拉将会呼唤说：在只剩下我自己影子的那一天，我会把那些相亲相爱的人们都荫蔽在我的阴影下，可是他们都在哪儿呢？"

他又靠近我几步，发怒道：

"女人，或者你去请求那些鬣狗，让它们现在就把你吃掉吧，相比安拉让你和你的那位欧麦尔在后世团聚，这对你来说可能会更好些。你去设想一下，你自己将要永远和他在一起，那会是什么样子。"

我意识到他现在可能会要了我的性命，尽管我虚弱无力，状态很糟糕，但最终还是设法支撑着站了起来。我对他吼道：

"坐下，雷斯，否则我咬掉你的脑袋！小伙子，你怎么啦？我不是和你说过住嘴吗？不要再过度诋毁他了，你已经变得不只是发疯，还成了聋子吗？"

这个年轻人在我身旁坐下来，开始痛哭流涕，同时，我在努力听辨着碎石地面上传出的脚步声。我环顾四周，对他悄声说：

"雷斯，我以安拉的名义恳请你，不要这样啜泣了，有人在朝我们走来了。"

我还没有把话说完，就发现有一个男人在奴隶的陪伴下，站在了我们的头顶上方。这个男人把他的剑插在了沙土中，仿佛自从昨晚就一直在和我们说话一样，从容地说：

"你们两个是谁的眼目？"

我握住雷斯的手，生怕他说出哪怕一个字，于是回答说：

"我是'她父亲的女儿哈巴巴'，从布尼·麦赫祖姆家逃出来的，这个年轻人已经神志不清了，他在沙漠中失去了理智。在他的帮助下，我们来到了你们这片尊贵的土地上，使我从我所在民族的压迫和遍布安拉宽广土地的狭隘中逃到这里避难，现在我们来到你们这里，奢望从你们的恩泽中求得庇护。"

或许这成了我听到的最后一句话……

"好！好极了！……"

＊　＊　＊

我恢复了知觉，开始环视四周。起初我并不相信自己的眼睛，然而当我听到一阵柔和悦耳的谈话声时，才相信了他们。

148

仿佛他昨天就在和我们一起大声闲谈，现在接着昨天的聊天继续交谈一般，他一边赞颂安拉，一边问道：

"这只比所有鸟类都飞得更高，高高翱翔于上空的鹫是谁？我在至高无上的麦加吃早饭，现在它将要和我一起在伊拉克吃晚饭吗？"

姑娘啊，这个人就是卡阿高欧谢赫，我没有问他命运是如何让我们再次相聚的，然而当他喂我吃东西时，我抢先说：

"我不知道我们在丛林高处逗留了多久，然而这一次我曾和小捕机一起吸吮母狗的乳房，我从鸽子居住的水井中汲水喝，因为它不在这里饮水。我走遍了沙漠、旷野、岛屿、丛林、山岳、平原和沙丘……风沙刚一吹尽，便又卷土重来。我没有获得布杜尔的事业而被打垮，然而在荒野中，那个喂养又聋又盲的鼹鼠和牲口的人在供养我。我没有因为迷路而感到丝毫懊悔，我应该捡拾起标识，走向布杜尔的家，去获取她的秘密。'她父亲的女儿哈巴巴'的身影已经不止一次出现在我面前，她向我做出手势，让我追随着她，然后步履蹒跚地在我前面朝向大海的方向走去，可我并不相信她的手势。我睡卧在猛兽和毒蛇中间，老迈的蝮蛇一连七个日日夜夜都盘绕在我的脖颈上，直到我能够救赎我的部落。除了安拉所禁止的自死之物和猪肉以外，我把沙漠中所有其他东西都当作了食物来吃。雷斯是一个如麦加的羚羊一般美好的青年，他像鸽子一样人见人爱，可我却已经遗失了他。我曾讨厌自己民族的所有诗歌，它们始终沉浸于长矛、鲜血、战争、狮子、马群和骡子的意象中，于是我逃到了荒漠中。几年来，我从山谷腹地辗转到山峦高原，像修行者中的崇拜者所习惯的那样，脑海中只想着一件事：为什么安拉会将我击退，让我失败而归？在这个世界上，我应该像拖着沉重身躯、没有鸟窝也没有同伴的鸟儿一样生活。清晨，风沙扇打我的耳光；夜晚，冰霜击打我的头顶。为了能够达到目标，我紧紧倚靠住几个洞穴，可是为何我学到的符号和图画还是没有战胜他们对于鲜血的渴望？啊！这就是我啊，在走遍了整条路途之后，我开始哀悼我不忠的坏运气。我就是如同洁白母狗一般的那个人，不会被装死的死尸所蒙蔽。我仔细观察着他们，他们躺卧在地上，侧腹鼓胀，抬起双腿，我便知道他们是如同狐狸般充满生气的杀人犯。我就是拥有多余的山羊奶时会给母狮的幼崽哺乳的那个人；我就是长久站立在秘密面前却无力破解它的秘钥以阻止流血事件，而变得失望灰心的那个人。每当快要接近目标时，我都会发现自己距离一群多产的陌生鬣狗有一光年的距离。我曾经历过所有悲伤的打击，曾不止一次探测过爱情之井，甚至了解井底的深度，却只是看到爱情对我拒而远之。我就是连一只猛兽或鸟禽都不会伤害的那个人，我甚至以为鬣狗的幼崽会把我当作它们的母亲或父亲，当我和他们都认为我们之间可以像狼和鬣狗那样交尾时，我会像母狼一样吗？我曾在沙漠中同向导、驴夫、路人、旅行者及战争贩子结为好友，追赶着他们在沙土中的足迹，或许我已经深信不疑，他们由于过度傲慢而变成了这个地球上魔鬼的影子。我就是他们那些对我高声呵斥的女奴，当我们相遇时，她们斥责我道：'萨乌黛啊，你为什么要去闻那些高举我们部落名号的人们的气味？'在他们身上洒下一捧沙土之后，我开始仔细观察她们，而这沙土中浸润了我唯一能够牢记在心的咒符，于是我立刻看到她们的犄角重新显露在头顶上，接着她们开始放声狂笑：'这些男人们真该死，他们曾对我们描述过你的美貌，要比你本身的样子更美，他们究竟是用耳朵，还是用尾巴看东西

150

的？'我已对自己命运的结局心满意足，并在等待着它的到来，同时，命运向我隐瞒了一个最大的诡计：我就是因为预言过他们的全部命运而被其用凉鞋殴打的那个人；我就是机敏精明、被带有蝎子针刺的女人们警惕提防的那个人。可是，为什么当我一边说话一边行走在人们和我所看到的东西之间时，我的话就变得像一阵风一样？我宁愿行动迟缓，去庇护那些用金钱出卖良心的人们，只要安拉没想去揭发他们。我就是梦中满眼所见都是兀鹰利爪的那个人，我对那只怯懦的鬣狗悄声说：'你现在向那只兀鹰猛扑过去吧，它的肚子吃得太饱，飞不动了。'可是它却只喜欢吃人类死尸的肉；我就是对成为某类人心存畏惧并且畏惧到死的那个人，至高无上的安拉曾这样描述这类人：'人类中的男人们投奔向精灵中的男人，以求得对他们的保护，于是他们变得更加残忍。'① 在他们充满血腥的旅途中，鬣狗们争夺所有物的全部灾难都曾向我猛扑过来，可我却无法——据说我是视力最好的人，要比鹫，特别是比荒野中的鹫视力还要好——在沙漠中找到一条除荒芜路径以外的道路，于是我背负着被折断的翅膀继续前行，不再拥有用来歌咏的甜美声音或是用来击打的利剑，也失去了用来供养家人的干净的家园。因此，在失去了我的欧麦尔之后，在一片蜃景后面……在他们的某只使我的心灵饱受煎熬的鬣狗后面，我得到的都是些什么？我曾如刺猬一般从白昼的光辉中潜逃出来，直到我在夜晚的某只衣袋中找到他。自从数年前，我便一直在周游荒野，可我在追逐什么呢?! 从前傲慢的礼拜堂司事手中会握有统领的钥匙和举向明天的利剑，让明日不要来临吗？我眼中的视界已经令我疲惫不堪，面前的道路也已经被封锁，因此我只能映照出沾

---

① 《古兰经》精灵章：6 节。

染了他们鲜血的污水。鬣狗们仿佛已从超越生死的境界中逃亡一般，在不止一次打量我之后，已经对我感到绝望。因此我要赞美安拉，安拉将我从这片土地上举起，以避开这里的伤害，在它辽阔的王国中，没有将我变成一粒被大风扬起的尘埃。我以她父亲的女儿哈巴巴的灵魂附体，知晓了男人们在陷入爱情时的馨甜。我从没有忘记那个苦行者，他在某个牧场中连续几日一直在追随我，直到他向我吐露他的秘密。他陷入了一场精神恋爱，但那个女人并不爱他，在白昼的日光和夜晚的黑暗中，他听得到自己破碎心灵的噼啪爆裂声。他请我为他稍微唱支歌，于是我说：'我的声音曾使羊圈中的母绵羊狂喜，可以把它们训练得变成人类，可是一段时间以前，我就不再拥有这个声音了。'随后我向他坦承我能够做到的事情，可是他拒绝我帮他带上可以让他和他的心上人共处同一房舍的护身符。他忧伤地对我说：'万万不能！安拉在用痛苦考验我，他不许我从这痛苦中逃脱掉。'"

我曾看到爱情会如何对待男人们的心灵，我也知道他们一旦顺服于爱情，安拉的土地便将变成乐园，可是他们为什么要掩饰爱情，从它身边逃走呢？他们把玫瑰的芬芳变成了马粪的气味，只有当他们把爱情归还给马粪时，这马粪才会存活下去。

卡阿高欧谢赫放声狂笑，直到差点笑死过去。他把一些在他面前奔忙的阉人搡走了，这些阉人为他饲养了一只以他的名字命名的通信鸽，叫卡阿高欧信鸽。我在花园里重新环视四周，发现这座富庶的果园是附在一座宫殿旁的，宛若我们曾听说过的那座属于古代波斯国王科斯鲁①的宫殿。这座宫殿俯临

---

① 古代波斯国王的称号。

河畔，这是我第一次看到河流在流淌。当我得知他把自己的这座漂亮奢华的宫殿命名为"萨乌黛"时，我感到非常吃惊，于是我起身重新去看安拉乐园在他土地上的某个幻影。听到他动情的说话声时，我才如梦方醒：

"请坐，不要顾影自怜了，快和我说说你觉得这条河流怎么样？穆斯林啊，别紧张，你已经接近旅途的终点了。"

我仿佛突然害怕睡梦中的梦魇和谵语一般，向他问道：

"雷斯在哪儿呢？"

他给我讲述了他的手下们如何为了我们而参与一场小型战争，对抗一群入侵和发起战争的强盗的经过，这群强盗几乎杀死了我和雷斯。他还告诉我，他一直跟在我们后面，一直陪伴我们走到了埃及。我欣喜若狂。他告诉我，有不止一名医生为雷斯治疗他因骷髅头和鲜血而昏厥的大脑，他们曾告诉我，他们将把关于他的所有可怕故事都散布出去，让他恢复最初的名声。他对我说："女士啊，这场叛乱或许是伟大全能的安拉对我们的考验。"然后他看着我的眼睛，许久之后说：

"可是我们应该回到过去一点点，萨乌黛啊，直到我们医治好你这颗患病的心。欧麦尔·本·欧迪已经准许我今天傍晚同他见面。"

我没有说话，只是听着耳畔传来的花园里鸟儿的哭号、喊叫和歌唱鸣啭。小鸟们在我周围交配，四周的静默用庄严将它们遮掩。到了傍晚时分，我去探望了躺在柔软床榻上的雷斯，他仍然在说着胡话：

"我们可曾提醒过……历史将因你们亲手犯下的罪恶而汗颜，它将无法书写你们的故事和历史吗？我们提醒过的。

"我们可曾对你们讲述过……兀鹰、鹫和猛禽为什么会追逐你们的部队、军营和商队吗？我们讲述过的。

"我们可曾说过……你们将遇到贪吃的兀鹰所遭遇的事情，数年来都将掉落在原地无法飞翔吗？我们说过的。

"我们可曾告诉过……你们将没有其他逃路，只有在几世纪后如行尸走肉般生活，若你们有一个梦想，那就是回归你们最初的生活，来到这阴暗的时刻，以纠正你们亲手犯下的罪恶？我们告诉过的。

"我们可曾预言过……一段时间后太阳将从西方升起？我们预言过的。"

当我用手拨开他的双眼时，我感到非常高兴，他因疯癫而凸出的眼球已经完全恢复了正常。我们路过鸽笼时，谢赫握着我的手说：

"或许你是知道的，在无数万物中，他不会同人类亲吻，能让他亲吻的，只有鸽子。"

接着，他带我来到一些正在埋头写字的年轻人跟前，注视着我眼中流露出的羡慕与茫然，问我道：

"我决定要教你写字，萨乌黛，你觉得怎么样？"

到了傍晚，当我们去见欧麦尔·本·欧迪时，他放开手让我独自走进欧麦尔·本·欧迪的帐篷。这座帐篷和雷斯向我描述的一模一样，但是雷斯没有和我说他被人挖掉了一只眼睛，帐篷中有薰香的味道，那是因为他被利剑击中，小腿上留下了伤口，却没有得到及时的治疗。他仍然在酩酊大醉，但是过了不一会儿，他就认出了我是曾被他压在身下的那个女人，也是在沙漠追逐了他很久的那个女人，他以我所了解的那种粗鲁无礼抢先问道：

"女人，我们注意到你在沙漠中嗅我们的味道，是什么把你派到我们这片土地上的？"

从我走进帐篷那一刻起，他在我心里的事情就已经完结了，但是我在门外对他说了一个词：

"我女儿……"

他哈哈大笑，拖着沉重的舌头说：

"你就是一个装满罪恶的容器，我的女儿哈巴巴爱上了暴动者中的一个男人，有人跑到我面前来谗毁她和她的这个男人，于是我把她藏到了所有人的视线之外，直到我把她嫁给一个我中意的男人。"

谢赫在帐篷门外用手抓住了我，但是他吼哮着把我们拦住了：

"女人，你是个逃亡的女奴，在我记忆中，还没有人向我支付过你的费用呢。"

于是谢赫松开我的手，把他随身携带的所有财产都扔了出来，有一千个第纳尔、一匹挽马和一头带有舒适驼轿的母驼。当我小声对他说欧麦尔只在我身上花了一百第纳尔的三分之一时，他和善地笑了，用温柔的语气对我说：

"萨乌黛啊，请看在安拉的面上，让我们从这个地方离开吧。"

我们从那个像军营一样的地方走出来，遇到了一些正在制作铠甲的匠人，欧麦尔·本·欧迪把这些铠甲卖给交战的几队人。小鸟一直在天空中盘旋，在返回的路途中，我们彼此没有说过一句话，此时我们已经徒步行走了四英里，谢赫的手下们从远处守护着我们，没有骑他们的坐骑。我已经连续两个整天没有说过话，仿佛某种不治之症在离开我的灵魂。这时，雷斯已经痊愈。在我们启程准备前往埃及之前，有一次我与谢赫在宫殿的花园中一起散步，我问他：

"你为什么要把这样一座精美绝伦、洁白巍峨的宫殿起名为萨乌黛呢？"

他悲观绝望地挥了挥手，但是脸上却洋溢着乐观者的笑容，像开玩笑似的对我说：

"萨乌黛啊，我是多么担心你品尝到的味道像苦西瓜或是像罗勒一样苦啊。你看，这鼻子和眼睛里饱含着多少爱慕啊！但是你却无法因为它过多的苦味而去品尝它的味道。"

他为我摘下一根罗勒的根茎，用它逗弄着我的鼻子，直到我笑出来他才停下，同时他不停地重复说：

"拿着！试着啃一下，试试嘛。"

然后我们继续赶路，他平静地对我说：

"很好，我将让你想起阿拉伯人与名字的誓约。我跟你讲啊，我们是依据被指称对象的不同特征来起名字的，不然你自己的名字怎么会带有这些特征呢……身材苗条，同时也很丰满，顾盼甜美、目光坚定，口齿伶俐，如同野牛般的眼睛带有独一无二的颜色，每一个沉浸在这种颜色魅力中的人将会说赞美安拉！"

当我害羞地把头快要低垂到地面上时，他高声喊道：

"萨乌黛啊，如果你嫁给了我，我将看在安拉的面上，释放掉我手中所有剩余的奴隶。"

我的小宝贝啊，现在我不再知晓曾在他的庇护下生活了多久，我在丝绸中打滚，幸福地打着呵欠。在他教会我写字之后，我协助他书写那些可以写在时间木板上的信息。

现在，我毫不怀疑自己死期临近，我听到了死神降落在我胸口的撞击声，曾无数次从临终之人喉咙发出的咯咯声，现在震荡着我。离开之前，我想要在你的耳畔反复叮咛：姑娘啊，不要遵从你轻率的内心，和我一起回家吧，以免你像孱弱的小鸟飞过被毁坏的山顶一样，而只是习惯于陷入忧伤。宝贵的"哈巴巴"啊，和我一起回家吧。在你之前的女人们已经使男人们对计谋束手无策，可她们却遭遇了接二连三的失败，因为男人们将永远奔赴向利剑和马群的游戏，直到安拉继承了土地和土地上的人们。

＊　　＊　　＊

由此，它能够磨碎和消化最古老甚至在史前时期就被埋葬的骨头，所有认识它的人都知道，它将留下白色的马粪，像极了无始的颜色，或是时而誊清了底稿、时而沉默不语的历史黄页的颜色。在大部分时间里，这历史黄页都写满了国王想要记载的内容。

第五章

一个又一个小时过去了，我仍坐在电脑前，不断注视着我的女人在不停地写啊写。我对她手写的东西一无所知，这是一篇小说吗？我这辈子从未读过这样短小且奇怪的小说。她的这些纸张起初看上去是完整的，但也像是在隐秘地宣布，其中一半内容被删去了。当这些纸张出版时，你将发现很多评论家会谈论起女性写作和阿拉伯历史及大事件的关系。我开始被包裹上了一层我不能确定为何物的薄膜，面对她的语言，我没有确定的感受，却发现自己似乎一直在赤裸着双脚站在灼热的沙漠上，仿佛我是正在等待某个救星的迷途者。她的文字中有很多数量区分上的错误，我很想给她讲解一下语法，有好几个地方，她还把字母写错了，于是我在随身保存的复印件上用红色的笔把这些错误更正过来，好像我将要把它发表在《安达卢西亚报》上似的。除了这种空虚，我感知不到任何事物。有时我处在人群中间，突然开始泪水滂沱，我只能默默忍受，试图把这种情绪隐藏起来，仿佛我是来自上埃及边境的姑娘，因为对一个并不属于她的男孩神魂颠倒而慢慢死去。我很期待从这些纸张中读到一些被她供认不讳的内容，比如她对我这个丈夫的看法，她知道自己不久以后将被我遗弃的情感状态，她因遗失了我们的爱情故事而倾泻出的泪水，以及她变成孤身一人时对未来的规划。

我的女人今天没有写作，而是在寒霜中，坐在开放式阳台前的安乐椅上，身上包裹着一条毛毯，只露出两只眼睛。这双眼睛在吞噬着塔哈·侯赛因的《处在人生边缘》。我从没读过这本书，就像我不曾读过我所拥有的任何一本书。她像往常一样按下手机的闹钟，整整三个小时都没从她的位置上挪动一下。我决定不要给她打电话，以免打断她的阅读。如果通了电话，我会说出愤怒的话语，由此搅浑她的清澈。我在不断观察自己，她在一点点做出退让，开始放弃她对男人间传承之物的征服，比如我们之间的某种秘密文件之类——你若将女人所有的肋骨一根根打断的话，她将匍匐到你的脚下，像受伤的母猫一样在你的双脚上打滚——自从我和其他女人订婚以后，这种变化就悄然发生了。那女人将成为我的第二任妻子，我母亲认为她一定能生出儿子。她是一个一无所有的可怜女子，经历过婚姻的失败，今年只有二十四岁，就已经被她的小偷前夫休了婚，那位前夫现在正因盗窃罪被关押在绿洲监狱。她是一个五岁女孩的母亲，而这小女孩的父亲却是名罪犯。人民大厅同伊姆巴巴区的风格很相称，在大厅中，她手中举着托盘来到我们跟前，上面盛放着自制的橙汁和我、母亲及两个妹妹带来的几块糕点。她说起话来显得信心十足且粗鲁无礼，仿佛是一个年龄很大的老太婆，经历过世间所有的酸甜苦辣，没有什么能让她感到害羞或狼狈困窘：

"哎，你好啊，你母亲给我讲了很多你的事，贾玛勒。"

她的声音异常尖锐，就像不锋利的小刀在割断羊尾时发出的声响，吓得我心脏都快要蹦出来了。我说：

"萨米亚女士，很荣幸认识你，但愿我们忘记彼此的过去，一起开启新生活。"

我再次因那声音感到一阵刺痛，但是我尽量不去理会它，这时，一阵势不可挡的电话铃声响起，像响雷一般将我击中。电话那端悄悄告诉我，要赶在吉祥的宰牲节祷告之前，开车奔到百姓胡同，在那些聚集在一起观看宰牲流血的群众当中，进行宰牲献祭的采访。

"你看啊，贾玛勒，我们最好简单明了，为以后做准备。我的女儿是要和妈妈在一起的，我只需要一个帐幔和一个新的卧室而已，这是哈吉曾对我说过的：你的房间已经准备妥当了。"

为什么我现在不去找娜尔敏，去亲吻她写出那些废话的双手，然后去享受她从早到晚洒满我家各个角落的温柔且如小鸟鸣啭般的声音呢？

她站起身，摇摆着俗气不堪的臀部，在我们面前弯下身，让我可以趁机多看几眼那丰满的胸脯。她认为这胸脯是一种攻不可破的资本。她给我们拿来一个硬塑料制成的小碟子，上面的蓝紫色玫瑰花图案引起我一阵反胃，因此尽管她再三催让，我也没用叉子靠近任何一块糕点。我已经完全疯掉了，仿佛从上面看见自己在和她及她肥胖的母亲聊天，在听我的三个家人——母亲和两个妹妹——说话。她发黄的头发从面纱中露了出来，那讨厌的头发式样像极了几天前就已腐坏的小扁豆汤。她把头发塞回到面纱里，对它展现出来的色泽、浓密和无法承受围巾包裹的光滑度很满意。整个见面期间，她说话的样子都显露出没有完成学业、满足于初中文凭那类人的粗鲁无礼。当她喷吐出语句时，两片猩红的嘴唇从不关起，而是一直大敞四开，仿佛它要从她言语的残余烟雾中逃离出去。

我试图找出同她微黑的白色肌肤相类似的东西，因为我无法放心地将这肌肤与我母亲用来涂抹墙壁的廉价白石灰联系在一起，过不了几天，那些白石灰就会从墙壁上纷纷脱落下来。在我们离开之前，当听见母亲重复了一百万次她的迫切愿望是在去世前能看到我生养后代之后，我说：

"只要我们约定下周四订婚，如果安拉愿意的话，只要这位夫人能接受这份婚约，我们就可以放弃这个话题，所有人都可以马上离开了。"

我挤出一丝微笑说：

"此外，到了两个年轻人举行婚礼的时候了。"

她立刻像受过训练的母老虎袭击猎物般颤抖地说：

"谁是年轻人？"

她的脸由于愤怒而变得通红，随后她正了正神色，两只讨厌的鼻孔胀起，后来我才知道，当她说谎时，这两只鼻孔就会呈现出这种令人恶心的模样：

"贾玛勒，真看不出您的年龄，我的年龄不只二十八岁。"

我不知道自己是如何先行离开的。我把母亲和两个妹妹留在她家模糊昏暗的电梯间里，仿佛从一个充满黑影、关闭了我数个小时的洞穴中逃脱出来一般！我像没有犯错却被扇了耳光的啼哭的孩子一样飞奔到车里，留下她们待在原地，我还以为听见了母亲的声音，她似乎正咬牙切齿地说："他还喜欢那个女的。"

我不知道为什么我的女人中止了写作。她觉察到我在她背后做的事情了吗？为什么我确信她正在看着我，并且知晓一切呢？为什么我会感觉她把摄像头植入了我所有的器官，特别是大脑和心脏呢？她为何终日愁眉苦脸、忧愁哀伤，甚至由于这沉默的忧伤，几乎要从房子里飞出去？昨天夜里，在我去和那个生物订婚之前，我极为厚颜无耻地试图靠近她，她像小猫一样把自己缩成一团，爬到床的边缘装睡，以至我担心她会掉到地上，然后我就睡着了。我想我在沉睡中听到了她的低声啜泣，这声音一直紧跟着我很多年，直到我死去。既然她已感知到，为什么不开口和我谈谈这个话题呢？这个带有魅惑酒窝的女人为什么不像擅长写作一样，擅长说话呢？

她的手机铃声响起，像是破损水龙头里水流的淙淙声，我是多么讨厌这个声音啊！我的女人哆嗦了一下。她关上阳台的门，小心翼翼又心不在焉地折叠好毛毯，把那本《处在人生边缘》放回原处，然后把脸转向我，仿佛她真的在用坚定不移、闪着泪花的目光看着我的眼睛。我现在发现，她的眼睛美丽而迷人，而我以前从没看出这一点。我不记得在哪里读到过，刚刚从一段失败的关系中走出来的被遗弃并被忧愁击溃的女人，是最能撩人心弦的，特别是当她处于这样愁眉不展、双眼闪动着泪光的时刻。她突然甩了一下头，秀发波涛般起伏。她把脸转向角落中的旧电脑，我曾以为这台电脑已经被弃用了。她打开电脑，我在想，她可能会在电脑上探索一番，可是我几乎要愤怒得尖叫起来，我要宣布我对她的绝对憎恶，因为我看见她稳稳地坐在那儿，以惊人的速度在键盘上持续打字，一刻不停，直到去校对她写下的东西，就像我通常做的那样，或是在某一瞬间停下来去思考。整整三十分钟过后，她站了起来。我知道她现在将奔到厨房，而我正怒气冲冲地飞奔在回家的路上。

她是怎样教会自己如此快速地在电脑上打字的？她趁我和摄像头不注意，便将座位从带巨大脚轮的写字台座椅上转移到了我送给她的电脑椅上吗？那么我怎样才能读到她剩余的手稿？会有不到九十页、全部文字用她画画般的大字体手写的书吗？这时，一个少年从我的汽车挡风玻璃前飞起，随后落在车轮下面，静止不动了，汽车停了下来，发出吱嘎的摩擦声，我挡住了海滨的整条街道。我在那个少年面前双膝跪地，全身都在颤抖，深深感觉到自己身为中年人的委屈。我试着让他的头倚靠在我胸前，好让我放心他平安无恙。我抚摩着他泛黄的脸蛋，仿佛他是我儿子。我试着扶他起来，好把他带到最近的医院，可是他虚弱地笑了笑，好像几天没吃过饭一样：

"先生，我很好，您不用担心，萨利玛来了，欧麦尔·萨奇会留下来。"

"不要这样，去最近的诊所吧，好让我们对你放心，真的，你还没好呢。"

一个中年男子走了过来，高喊道：

"你们看见了吗？你们开车就为了碾压人类。"

那个清瘦的少年笑了笑，试图在我的帮助下站起来，他抬起手向那位男子行礼，温文尔雅地说：

"多谢您，哈只，事实上是我犯了错，我刚才有一点儿恍惚。"

我祈祷这个有礼貌的清瘦少年不要也把我描述为哈只，因为我下周四就要结婚了。我盯着他看了好一会儿，看出了当我在像他这样的年龄时，自己和他的差异。他拾起一个练习册大小的此前我从没见过的设备，看到它没有被摔坏，便放下心来，后来我才知道，那个设备是 iPad。然后他坐在人行道上休息，虚弱地打电话聊天：

"哎，真的，我刚才差点儿就死了，真希望死神将我带走。

我在海滨隧道附近。

"你说得对，那天我们讨论这个话题已经够多了，我就这样被闷死，你就满意了？真希望死神快点结束我的生命。"

这一代人把我们传承下来的长句表述得简短节略，他们通过一个字母一个符号就能够彼此理解，而我们这一代人却无法破解其中的密码。以前那些年代的人认为他们并不认真严肃，而且认为他们通过用他们的代理人而处于历史之外，他们认为一些现象很恶心，比如掉在腰部以下的裤子，在昂贵咖啡馆约会时才会使用的笔记本电脑，在咖啡馆里与同龄女孩一起吸水烟，用我们听不懂的语言高谈阔论，等等。

他自信满满地盯着我，这种自信是那种心系大事之人所特有的。他所关心的事要比这场事故、他擦破了皮的小腿、聚众的人群、这世界本身以及世界里的人更为重要。他已经耗尽了最后一点儿耐性，用加重的语气对我说：

"这就是我们努力的结果，没有好的交通，没有信号灯，在这个国家没有明确需求，这就是一个国家本来的模样吗？但愿过些日子，这个国家会更好。先生啊，相信安拉吧，真的，我的状态好极了。"

二十多年前，我在清晨五点钟醒来，视界在我面前完全一片漆黑。那时我已经毕业几个月了，我坚信，我永远都不会找到一份适合自己的工作。我很厌烦两个妹妹和我母亲这三个女人对我围攻一般的轮番提问，特别是母亲，她将我视作她的宝藏和生命中的全部积蓄，她给予我独享的爱，这份爱几乎让我窒息而亡。从小时候，我就受到各种限制，禁止在朋友家过夜起，哪怕只有一个晚上；禁止从她的视线或是掌控中溜走。我只记得她们三个人的胸怀，我总是把头躺在那里睡觉的；我只记得母亲无时无刻不在大喊："你们的弟弟吃了吗？他回来拿到钱了吗？"现在，两个妹妹从她们丈夫那里得到几个埃镑，还会把它们拿给母亲，以暗中资助我。这些钱总是伴随她们唯一的问题："贾玛勒还没有找到工作吗？"突然，在绝望的一瞬间，我决定向所有人进行报复，母亲首当其冲。当然，我要从哪里去偿还这些年来，她的爱的瀑布洪流和她的牺牲奉献呢？我坐在公交车站前被打碎的长椅上，决定要在某辆闪闪发光的有产阶级汽车前一跃而起。我已不记得那辆车的品牌了。有那样一秒钟，我的眼神同汽车司机的目光相遇。那司机是个年轻人，只比我大几岁。我捕捉到了他、愤怒至极的眼神。他正避开我，偏离团结路的最左侧，汽车先是冲向人行道，随后撞到一辆从另一侧缓慢驶来的汽车上。当我倒在地上时，只有衬衫被撕成了碎片，而那个年轻人的车头部分已被完全撞毁。他把车停下，耐心地忍受着司机大叔的谩骂，极有礼貌地对他说：

"是我的失误，我负担修理，不过好在我避开了这个小伙子。"

他用手帕擦去他受伤手背上的鲜血，苦笑着走到我面前，仔细打量我，我这一生中再没有人用这种鄙夷的目光看过我。他用指尖抚摩着我破碎的衬衫，仿佛我是一堆垃圾。我和他是这场事故中仅有的两个了解事实真相的人。与我预计的相反，他并没有辱骂我，而是像责备妻子一般，咬牙切齿又慢悠悠地说：

"进监狱之前，我本是要去还债的。"

他从衣袋里掏出五张价值十埃镑面额的纸币，带着同样的苦笑说：

"用这些钱买一件新衬衫吧。"

他轻拍着我的肩膀，对我打着耳语，几乎是在和我说着悄悄话："要学会忍耐，把自己打扮得像男人一些。"

接着，他走过去察看他的车损坏的部分，还有被他撞到的中年男子的汽车，完全没有给我拒绝接受他金钱的机会。他永远都不会知道，他是我生命中对我产生最大影响的男人，他的目光一直在无情地追随着我，在我一生中，无论我做任何事，它都如影随形，我再也没有从其他任何男人眼中获得过这种目光。我曾自问：他会在某一天从某期《安达卢西亚报》上偶然发现我的照片吗？他会在某一天读到我写的关于大鲨鱼吃掉市场上所有小鱼并垄断一切的调查报告吗？……这种垄断，包括生铁、玉米、棉花、大米、汽车和港口的指定代理人，甚至城镇中间的马路，而且，他们还要遣散在马路上兜售商品的小贩。我写这份调查报告时，像是在向他道歉，几乎要把这份报告当作礼物赠送给他，可是我不知道他的姓名，那些像他一样的人们会读类似这种报纸吗？想打听他从事何种行业的好奇心就要把我杀死了。比如说，他是不是从父亲那里继承了一个位于鲁维埃的小工厂或是油漆店铺，曾经大笔盈利，然后又破产了呢？他的全部自信、走起路来的从容不迫，还有那天他对一切的忍耐，究竟是怎样形成的呢？当时，他应该可以确定，我是决意自杀才跳到他的汽车面前的。

他的眼睛和刚才差点被我碾轧的那个清瘦男孩的眼睛是多么相似啊！他们的声音是多么相像啊！这不禁让我猜想，这男孩一定是他的儿子吧？

我不止一次地指着电脑问她：

"你在电脑上做什么？"

她平静却不耐烦地回答：

"我在学习写作。"

"你为什么要学习写作？"

她试图收起带有嘲讽意味的迷人微笑，向我投来销魂的一瞥。自从几天前她不知如何感知到我将与其他女人订婚的消息之后，她向我砸来的就是这种目光。我只能将这目光本身翻译成一个词……为什么？她跨越了我的问题，将之扔进了最近的字纸篓。她用浸透了泪水的声音说：

"我不知道怎么在阿拉伯字母上标符，那是什么方法？我要努力试试。"

"你写的是什么？你写的是新的烹饪说明吗？"

我很注意不在家里设置网络连接，把 U 盘插在笔记本电脑上就已经足够了。当我第一次看见她从我的办公桌旁移动到旧电脑前，我便意识到自从这台电脑第一次进入我们家，她就教会了自己在电脑上打字，特别是仅有的几次，我工作后忘记关上电脑之后，我小心地设置了用户密码，以免她知晓被禁止或是开放的网络路径。我现在精神沮丧，为了读到那篇小说的剩余部分，我应该以任何方式将她支出家门，哪怕只有一小时。我再一次陷入了寻找理由将她扔出门外的怪圈，以便我能阅读还没读到的部分。日子一天天过去，与其他女人订婚的日期临近了，我在这台旧电脑上什么都没找到，除了监视她，我什么都没做。她时而热切、时而快速地敲击按键，时而又皱紧眉头。她把头发聚拢起来，几乎要把它们扯碎，这让我在几秒钟之后面对着一片黑屏。我从未预料到这一点儿，我已经用完了去拜访我母亲和两个妹妹的理由，她知道是她们让我迎娶其他女人。我平时禁止她出门，哪怕是去买东西。那么，我能把她扔到哪里，让她独自待上一个小时呢？她做所有事情都会快速进入状态，可她大概无法陷入沉睡。她洗澡时会打开煮茶器，以便从浴室出来就能迅速准备好茶水。她会戴着面纱在阳台上晾衣服，只用一小会儿，并且没有丝毫差错，阳台的门被关上以后，她则穿着短款红色睡衣在屋子里巡视。我想要的只是一个小时，这就像是允许一个女人伸展四肢躺在我的空间和时间里，这个时空中，满溢着她的灵魂和身体。她是一个特例，无论我对她做什么，她都不会像其他女性一样生气的女人。她只想生活在我身旁，把头探过来去闻她喜欢的我身上的味道。

在她将永远离开我家的前三天，我对她说，想要她和我一起去位于撒哈拉街上的汽车修理店修车，这将持续从早上到傍晚五点钟的时间，而我要去报社，大概会用两个小时，然后我回来找她，我们再一起回家。这让她感到措手不及，她用将信将疑的眼神听我说完，沉默片刻，然后说：

"我们是和什么人一起出去吗？好吧。"

为了避免看见我们中间完全坍塌的东西……我无法界定它是什么，它很像地球和它的行星之间必须保持的遥远距离，这种距离才能让地球上有生命存活。我平静地说：

"那里有间精致的自助餐厅，你可以在里面看书，再关注一下修车的情况。"

她坐在我身旁，观察着大街上的景色和行人，一路上一言不发。我的女人正在默默哭泣吗？还是她正在写下亲眼观察到的景象呢？我开车绕过唐人街，从那里穿过拥挤的金字塔街，开往撒哈拉街。在我们停车等信号灯的几分钟里，我注意到一组游客正在从一辆豪华大巴上走下来，马路上所有的人都和我一起注意到了那组游客中的美女。那些过路的、戴着面纱的女人们纷纷看向那些裸露着肚子的女游客。她们暗淡无光的空洞眼神中，唯一显露出的就是对生活及生活中的人和一切的厌恶。她们拖着沉重的步伐，身体轻而易举地显现出她们的生活细节。她们中有的人身段柔软，肢体匀称，要胜过——无疑——那些欧洲女人的美貌，而大多数人的身材像是埃及野无花果树的树干。那些裸露胳膊、小腿和腹部的女人们在带着勇气，忍受来自其他女人憎恶的目光，她们对此报以害羞和宽容的微笑，就像美女向极丑的女人投以微笑，以此鼓励她，让她能够忍受生活一样。那些裸露自己的女人也在勇敢地忍受男人们的看法。他们或是表示欣赏，或是认为丑恶低级，或是进行谩骂，有的人甚至直接动手干涉。那么，她们是要把自己当成因美化吉萨金字塔而死的殉难者吗？事实上，她们走起路来，就像唱得不完整的甜美的歌曲，后面追随着人们的呼喊声。倘若有男人稍避开她们，没有试图破译其中的密码，那么，他谈论的话题很可能要比仅仅谈论女人夸大得多。他们会说，她们赤裸的身体和漂亮服饰，可以减轻柏油马路的愁容。这时，这个男人或许会认为大自然有某种安排，让那些女人来打碎飘扬在公交车站附近和面包店以及电影院里那片黑色旗帜，好让主人公出场。他们通常是吸食麻烟者，在整部电影中妙语连珠，事实上，所有人过不了一会儿就会把他们的俏皮话熟记在心。我在克制自己，而她在看向那些赤裸着胳膊和肚子的女人。我规定这个有撩人酒窝的女人必须戴上面纱，可这样还是不能让我满意，我还要规定她戴上几层面纱，面纱层数不会超过一只手中所有手指的数量，而这些是为了我能得到内心的宁静。我正想启动汽车离开时，看了她一眼，但又迅速将目光投回了马路上，这时我发现她一直在盯着我看，唇边浮出一丝淡淡的讥讽的笑容。我连一秒都不怀疑，她已丝毫不差地看清了刚才我心里对于她的思虑。

*　　*　　*

自现在起直到若干年后，我会认为爱情必定同无能为力、沉默、害羞和惶惑联系在一起。这种无力感像是漫长得没有终点的阶梯，阶梯的第一级好似它的最后一级，阶梯的底层又如同它的顶端。我十分惊讶，所有的人是如何一致同意将爱情与诗篇和传说黏附在一起的？其他人从哪里来的勇气敢于表达出自己的爱？我将完全被她吸引，但是我将无法找到任何路径可以再次同她在一起；我完全沉浸在自己的情感中，却发现已不可能走在通往她的彼岸的正确道路上。我残存的思考能力仅限于回想她生气时拨开眼前飘动的几绺头发的样子，或者由于愤怒而在脸颊上浮现的酒窝，有时还用很长时间去想她怎样屈服又用力地将她的头靠在我的肩膀上，直到差点儿把我的肩膀戳穿的动作。难道爱情不是快要成了无力感的同义词吗？在数年后，当我做好规划，并受到埃及国家安全局工作的启发，开始令人疲惫不堪的监视，然后同她见面时，我还会感到无力向她靠近或者和她交谈，哪怕仅仅说出一句问候。

她和他一起坐在侯赛因街的费夏维咖啡馆里。他在打电话，快乐的笑声让我感到愤怒。他为她要了一份苹果味水烟，先移开口中的香烟，尝了一口水烟，然后把烟嘴递给她。他看向她的目光神魂颠倒，我是一个离她远去的人，坐在她几米的位置上打探她，她会感觉到我在这里吗？一定会的，不然她的坐姿为什么并不安然，每隔几分钟就会固定一下她头上原本很稳固的闪亮发夹。

我知道，她从我家离开短短几个月之后，就嫁给了他。他帮助她出版了所有作品，一直在背后支持她。作为当代文学教授，他对媒体谈起她时，双眼总会闪烁出光亮，而且总是把她形容为伟大的女作家。我没有注意到这一切，但是现在他像情侣们所习惯的那样，将胳膊环绕在她腰间的情景却刺痛了我。他正在专心观赏汗·哈里里市场的商品，同时她也在脑海中看见一个来自过去的、正在包围和急切追逐她的灵魂。

　　当我上了年纪，我会不断关注她在镜头前露出甜美笑容时，眼睛下面出现的皱纹。那时，我生命中最大的梦想将会是轻抚她的皱纹，并把她拥入怀中。为什么人们憎恶衰老会到如此程度？当我从某档文化节目中看到她在用迷人的声音谈笑风生时，我会露出白痴般的微笑，并会反复对自己说……"你上了年纪时，真是更美了呀。"然而我将在那头母牛的笑声中醒来。她生活在我的家里，拍着手哈哈大笑："你就是个蠢蛋，你们之间已经结束了，你看见了吗？你还在迷恋这个昏老的女圣徒吗？你不知道她已经属于别人了吗？"

　　被我供养在家的这个女人看电视时只会追踪埃及连续剧，如果是历史或宗教题材，她就会愤怒地换台，对于那些始终大嚷"你这个该死的家伙"的演员，她会对他们尖声大叫："真恶心，不要说普通话！"

　　她放任自己的头发变白而不去染发，她用弹钢琴的手指做出天使般的手势，我将这手势牢记在心，它现在正掌控着我的心跳。我紧握着电视遥控器，以免那个陌生的女人把它从我手中夺走。我试图让自己的灵魂穿透电视屏幕来到她面前，去抚摩她甚至亲吻她。我想对这个筋肉紧实、毫无皱纹的丑陋女人尖声喊叫……电视屏幕上的这个女人是我一个人的，她是我的女人，除了我之外不属于任何人，我是多么爱她啊！我很注意，绝不让任何人看到娜尔敏佩戴面纱的照片，特别是不要让这个女人看到，因此，我把母亲和两个妹妹家里所有娜尔敏的照片都撕成了碎片。我多想现在对这个女人说："这是我唯一的妻子娜尔敏。"或许是因为我了解她会做出厚颜无耻和愚蠢呆钝的反应，所以才迟迟没有向她承认这一点，她不外乎会说："你和她，你们两个人很失败。"

我几乎要尖叫起来：我是一只野雁，是地面上最大、最重的鸟。尽管身体笨重，但安拉判定它可以飞翔。我越是无力跟在她后面飞翔，就越会因悲伤而失去光泽，甚至几乎悲痛而亡。对她的爱恋加重了我的天平，直到我变得只适合去寻求某种治疗，让我在过去和未来的旅行中从对她的爱恋里逐渐康复。我最终将要达到的结果是，沉迷于购买自中世纪以来就很著名的巴旦杏面团，它含有 72% 的巴旦杏，还有 28% 的其他成分，那是制造者不会向外界透露的。当我吃完这些巴旦杏面团时，我会坐在电视机前，像猴子一样剥出柔软未熟的巴旦杏籽，追逐着她的幻影，看着它我面前的空白处游荡，或是看着它惶惑地从一个房间游荡到另一个房间。

*   *   *

经历过多少次呼救，多少次折磨的刺痛，多少次对一生中不同场景的回忆，被鬣狗一口吞下的猎物将会活着死去？如果它再也看不见剩余的一群鬣狗正在抢夺它，那么它的眼睛究竟将会变成什么模样？因为这只猎物不会留下令人回忆的痕迹，因此鬣狗们将会蹲坐在空无猎物的原地，倚靠在它们被割断的尾巴上，开始进行某种闲谈……当然，没有人会明白它们的交谈，甚至他们将会把这听不懂的对话称之为它的交谈……鬣狗肛门的交谈。

第六章

　　她什么时候学会了将她写的东西隐藏在电脑隐蔽处的特殊文件夹里？我几乎要在电脑屏幕面前哭了出来，一堆与我无关的文件夹在凝视着我的脸……从网上下载的不知名诗人写的英文长诗……类似论文一样的文章，通篇的错误到了令人吃惊的程度，很明显，这些文章出自那些在外国大学和学校读书的年轻人之手，它们被抄录在不同札记中的特殊文件夹里，所有这些文章都在谈论即将到来的革命——这是无疑的——谈论即将涤荡所有腐败的洪流。几天前那个差点儿被我碾轧的清瘦少年的脸庞，让我感到一阵目眩，我几乎确信他就是某篇煽动性文章作者，这种想法，已经彻底将我淹没……《返老还童》的节选……大诗人塔胡里作品的片段摘译……著名的死尸之书《走向白昼》，像这样写进了文件夹的标题……"同英国著名诺贝尔女作家'杜丽斯·林斯琦'对话"带有看起来品质精良的译文，这一定是她翻译的……证实了几个世纪来诗人们一直在重复的关于破裂的心脏和这种疾病的发现及治疗方法的长篇论文……关于痛苦的百科全书……《芬芳的牧场》节选……莎士比亚戏剧全集，当然……阿拉伯诗歌的代表作，从穆台奈比一直到马哈茂德·达尔维什，这些作品闻名遐迩，但我并不了解。我戴上耳机，还没有时间去听歌，就又把头埋进电脑桌的后面，寻找或许她从邻居家带来的某根网线，可我什么都没找到，绝对没有找到任何东西，没有她说话的痕迹，她甚至没有写我在这里读过的那份手稿，也许她写完把它藏在了某个地方。这个女人把她写的东西藏在哪儿了？我相信她在这台电脑上写完了那本书，可是它在哪儿呢？

大约一个月前，她不再十分注意走到很远的地方，像一只下蛋的小鸟一样远离我的视线，而是在我身旁，从床上起身，甚至没有确定我已进入酣睡，就从我的香烟盒中抽出一根烟。之后我听见她在厨房的声音，便踮着脚尖跟随她，发现她正坐在地上，埋头在一些纸上快速打着草稿，这让她看起来奇怪而且疯狂，像是受到了某种恶魔力量的驱使。她蓬头散发的样子，像是受到了短矛的伤害。我害怕自己发出声响，让她受到惊吓或者让她暴怒，于是回到了床上，浑身冷得发抖。我仿佛看到她对我扬起一张愤怒、扭曲、狰狞、浸着汗珠的脸，而我们现在正处在十二月中旬。写字台上石英钟的几声钟响降落在我的头顶上，仿佛掉落下来的是残暴铁锤的击打，安拉啊……现在我应该把她带回家，好让她度过我们共同生活的最后两天，对此我心里很清楚，她也很明白，我们都心知肚明，可我们却从没有也绝不会说出与其相关的任何一个字。我现在对找到东西完全失去了希望，甚至失去了找到存有她写作内容的 U 盘或光盘的热情。我像任何一个为了保持生活热情而去挣扎搏斗的中年男子一样，站起身，走向摆放着《一千零一夜》的地方，或许由此我会发现某个奇迹，发现我正在寻找的东西。出现在我面前的是她的那些书稿，那些东西还放在原处，似乎自从被我拍照后，再没有人用手触碰过它们。我刚要关上书柜的玻璃门，却瞥见几页书稿，看起来像是最近放进去的。六页纸全写满了她涂鸦的大字。这些书稿只有寥寥几页，以至让我觉得没有必要拍照。我突然感到一阵奇怪的麻木，让我甚至会从蒜盆的气味中逃走。我曾经在街巷的入口处闻到蒜盆的气味时，为了大口吞下母亲做的肉汤泡馍而一路飞奔回家，甚至俯面摔倒在楼梯上。我会从自己一直喜欢的气味中逃走，难道这是年迈衰老的表现吗？我抓起她的书稿，一头栽进离得最近的安乐椅，开始快速阅读起来，我希望能够追上她的步伐……

* * *

当爱情褪去，他的所有举止都会变得冷淡，而言语会变得尤为冷淡。你几乎要掌握了他的境遇，他却制造出各种借口躲避你，收拢起肢体以免触碰到你……他将在脸书上有很多个女朋友，你在上面瞥见过她们用 photoshop 处理过的照片，可他绝对不会与你谈及她们，或是或远或近地暗示他与她们的关系……在你突然靠近他时，将会瞥见他谨慎而又迅速地关上电子邮箱；你将会注意到，和你在一起时，他从不接电话，倘若不得不接电话，他也会回复得简短快速，而且结束得很干脆，同时你会瞥见他所有心中的不安被触动时的刺激反应，他的内心在渴求与他讲电话的那个声音，无论如何你要知道，男人的身体器官是无法说谎的……他会用分崩离析、含糊不清和干巴巴的话语回答你提出的那些愚蠢的问题，以免被迫与你当面对质。他非常清楚，你现在无论如何都无法接近那个女人……和你一起走在大街上，他将会放任过往的车辆将你一口吞噬，而不是像在曾经爱你的日子里他做的那样，赶快握紧你的胳膊来保护你。如果你在双脚迟疑后主动挎住他的胳膊向他求助，那么他将在刚过完马路或遇到第一次机会时便松开你的胳膊，将你摆脱……他将嘲讽那些你们曾共同喜欢的爱情歌曲；他觉得既然所有地点的午餐构成都是千篇一律的，那么不存在任何理由可以让你们在俯瞰尼罗河的餐厅里共进午餐；倘若你们遇见了熟人或是新邻居，他绝不会向他们介绍你是他的妻子，并且在你当着他们的面，从面纱下回答关于你身份的问题，说"我是他的妻子"时，他会更加生气……他曾在注视你时，眼里闪烁出光芒，不断关注着你心中的任何不安与波动，直到将你淹没在害羞中，现在，这一切早已远远离去，他关注的是你们面前过路的美女，或许你自己还要被迫去对她们评头论足……你们彼此间的沉默将变得更为漫长，你将永远无法穿越沉默废墟的城墙，每当你试图穿越它，你就会发现受过训练的狗只是在看守你的气味，它们在等待你走来，然后充满讽刺地撕咬你，你的过度敏感将无法忍受这种讽刺。或者你会发现荆棘丛生的篱笆上，布满了会让你突然停止心跳的电流，这个结局最令人怜悯，因为无论如何，它是反宿命论的。你将更加确定他情感的转变，如果你假装完全沉浸在某件事情里……比如某集《夜晚十点钟》电视剧，你表现出在聚精会神关注电视情节的样子，比如说，里面的某些人怎么会谩骂所有人，仿佛他们并不是挪动国家宝藏的人，你要尝试一下，在这个时候背对着他，然后转过身，用令他措手不及的目光突然看向他，在这时，你会亲眼瞥见结局，你将能够看见他的心里话，它们正和他吐出的烟雾一同盘旋在房间的上空……"你什么时候从我的生活中消失？"不要去关注他的眼睛，与看着你的脸庞相比，这双眼睛更愿意将目光落在苍蝇上。这样做是为了避免让你开始憎恶自己的容貌，而这容貌是他无法忍受的。在他眼中渗透出的对你憎恶的光芒面前，不要像个白痴似的逗留太久，你要快速从电视机前离开，为他准备柠檬茶，因为那时，他会认为你能够抵御他对你的柠檬茶表示拒绝的急流。不要太惊讶，若你回到家，在房间里读出他的憎恶增加了一倍，那么你应该做的全部，就是从他面前逃走，直到耐着性子平安通向床榻……

在接下来的日子里，你应该做的事，将是做出更多忍耐。比如说，他把手机藏了起来，你在他习惯放手机的地方找遍之后，你发现只有一个常用的办法，就是拨打他的号码，让手机独特的铃声将你带到它所在的位置。当你从绿色安乐椅下面捡起它时，当心，不要去检查备忘录！因为备忘录里将会是一片空白……没有发出或是收到的短信，没有发出或是收到的对话，里面绝对什么都没有，那只是一个没有个性或灵魂的金属方块。当心，当你看见你的名字已变成一组数字时，不要大喊大叫！这组数字正是你牢记于心的你的电话号码。你像个疯女人一样在心中不停重复一个词：为什么？他是为了在你数次催促他接电话时，对他的新女人说这是个陌生号码吗？是为了阻止其他女人轻易联系上你吗？因为如果他的手机上保存了你的名字或将你描述为妻子，她们联系你就会变得很容易。也许这是独一无二的可能性……你难道没在过去的旅途中学到过，忘记号码要比忘记名字容易上千倍？除了对更容易的遗忘之旅做好充分准备，他还做了什么？无论如何，几个月以来，他对你一直没有需求，倘若你再三催促他和你在一起，他会在你催促了几十次后，简短、枯燥、毫无耐心地应对你。你不要难过，去为他寻找成百上千个理由吧，那些理由都不是真正的原因，因为你会害怕用这个原因面对他……

他一扇接着一扇给你关上孤独的门和窗，然后从外面透过小孔观察你，看着到你掉落在你的角落中，不停舔舐着自己化脓的伤口……一阵电话铃响将打断你的哭泣，你会听到一个陌生嘶哑的声音：

"你是那座迷人的城市，我梦想着摧毁它的城墙，占领它的土地，我将给自己加冕，成为它的国王……"

你愤怒地放下电话听筒，切断那语言的洪流。你多么希望从你丈夫口中听到这些话。你希望那个带有嘶哑声音的不知名男人死去，你想象着如果这个男人没有从天空中捡拾起这些话，并将它们抛入你的耳畔，那么你的爱人便一定会从太空中与之相关的某个地方将这些话捡拾起来。在这一刻，你绝对不会意识到，那个说话的人是认真在说话，那些话语从没有找错送达话语主人的道路……你会残忍地抓住你心中第一次炽热的尾巴，然而你已经到了迷醉的程度，想确认他的目光只会落在你由于负重过多而变得红肿的双手血管上，或是落在你双眼下方胀起的眼袋和由于担心失去他的爱恋而熬夜和失眠导致的黑眼圈上，或是落在明显松弛的双臂上。

你不再频繁地照镜子去关注更多细节，你将日复一日害羞地对他悄声说出你喜欢的那个词：

"带我走吧，因为我爱你。"

你会更加愤怒，甚至到了啜泣的程度。陌生人的嘶哑声变得更加辽远，语速也更快了：

"你将成为我的女王，你一定会属于我，我看见目前的状态，如同我看见关闭了我窗口的角豆树。我能让你发出幸福的尖叫，同时痛骂所有我未曾出现在你生活中的过往岁月……"

你会扔掉电话听筒，当电话铃声响起，你重新拿起听筒时，这一次，你会发现那嘟嘟声很迷人，仿佛是在黑暗夜晚中突然划破天空的流星：

"我了解你……我是多么了解你啊！"

你会发现，你的灵魂正在从上空观测你们两人在一起的举动。你将继续从爱恋之井中汲水，你会知道所剩的时间已经极少，你在像对自己的心上人感到绝望的爱人那般，做着大部分绝望爱人常做的事情，然而他深信他所做的一切，都是为了从这可恶爱情的井水中逃脱出去……

他母亲看着自己的肉汁羹碟，其中夹带的讽刺几乎变成了某种怜悯，因为他拒绝我喂给他的一只油煎肉丸，这是他一直都很喜欢吃的。可是他现在放弃了肉丸，躲避着我，几乎要从他的位置上站起来，离开餐桌。在你们刚刚结婚的日子里，他是多么喜欢给你喂东西吃，他的手曾那么喜欢找出任何借口，在大街上和其他人家里抚摩到你，你也曾在他家里的女人聚会聊天时舔舐忧伤。现在，你注意到了你的灵魂，它正在观察着你，你在装傻，假装没有看出他母亲和两个妹妹努力的失败，她们本是去努力关注你不停忙碌的双手的。她们发明出的话题只和她们自己相关，你对此一无所知，她们从眼角抛出漠不关心的眼神，同房屋主人向不速之客抛去的眼神如出一辙，或许客人会感受到自己被厌烦程度，于是自动离开。你不知道你要做些什么，才能让这井水在短时间内全部用尽。在你汲尽每一桶井水之后，你会更加确信，并不存在一条更加安全的道路，可以让你从爱情中逃离出去，除非你继续将爱情已知和未知的模样全部拿给他，直到打败你的灵魂……你的灵魂就是那个在孜孜不倦观察你的人。他的反应越来越粗鲁无礼，他的言语越来越令人痛苦，其中有些话像是来自锋利的剃刀，不过，他越是这样，她就越是会因为计划成功而高兴得拍手喝彩。所有人的都知道，你的事情在他那里已经结束了，并且将永远结束。你很享受用鄙夷的目光看向她们的脸，仿佛这个故事关乎除你之外的其他女人。她们是同你完全一样的女人，是什么让她们这样迷醉于混杂着同情的幸灾乐祸？他从浴室出来，手上带着芳香，你抚摩着他的手，可是他迅速将手移开，仿佛被蝎子蜇了一般。他最终没有在你面前找到逃路，只是坐在离你很远的位置上。你的灵魂偷偷地告诉你说，你重复了爱情史上最卑贱的场景，你让他像这样被所有人环绕着站在那里，你们正准备从他母亲家离开，你在埋头亲吻他的双脚时，被他踢得一路小跑，还若无其事地大喊道："不要丢下我。"

你的灵魂从上面对你断言说，这个场景很关键，特别是当安拉默示他用脚踢你，像踢外来的流浪狗一样继续把你踢出门外，就在那一刻，你永远摆脱了她们的告别，或许你也完全摆脱了他的爱情。

你的祖母身材苗条，仿佛她刚从某个广告牌中走出来似的。与你女朋友们的肥胖祖母相反，她的身体在黑色的宽大长袍中摇摆，这种黑色让她的身体在很大程度上像是你们这些小姑娘的身体。她的下巴上画满了蓝色的刺青，仿佛是从某只孔雀的羽毛中逃出来的。当你还是个小女孩的时候，你抚摩着她的刺青问道：

"是谁给你画了这个？"

她大笑着说：

"是他们给我在这里刺的文身，这是为了给我做出标记，这样我在故乡和拥挤的地方就永远不会迷失方向，不会离开他们了。这里也有。"

于是她给你看脚踝上的两只蓝色小鸟，两只脚踝上各有一只，画得十分精巧。她再次大笑着说：

"这两只小鸟是用来抵御魔鬼，让我身体免受伤害的。"

为什么你的祖母现在经常到梦中去探望你？她是想把你一起带走吗？据说当她被委派去陪伴我们走过最后一段旅程时，我们就会知道谁曾离死神最近。当她看见你是个女生时，她曾对你说：

"切勿归顺于男人们的爱情，他们冷酷无情，姑娘啊，如果他们嗅到了你软弱的气味，便会玩弄你一下，然后把你抛弃，去寻找其他猎物。因为男人在本性上就是猎人，姑娘，而女人则是猎物。因此切勿成为愚蠢的猎物。如果你被爱情击中，就去爱他吧，但是不要让他觉察到这一点；去顺服于他吧，但是不要让他知道自己完全占有了你；抓破他带有火印的手掌吧，同时你要抱怨寒冷；呼吸他的芳香吧，但是不要让他瞥见你在欣然享受；你要睁开一只眼睛看着他，另一只眼睛看向遥远的天际，以免闭上双眼。在恍惚出神和认真严肃之间，他便一去不复返了。"

你如同一只倔强的母马，嘲笑着她的忠告，用你还没发育成熟、无力且嘶哑的声音对她喊叫道：

"我不是猎物，我不想要猎人，我要的是男人。"

现在你正沉浸在对她面庞的回忆中……她很漂亮，两只乌黑的眼睛像化了妆，涂了眼影，她的鼻子让你立刻想到了高贵，她的肌肤兼具酒红色和玫瑰色。她丈夫很早便去世了，于是她很嫌恶自己——那时她还不到三十岁——在丈夫之后，她又有几个男人。她讲述的故事与你听到所有故事都不一样。她身上有一股香甜的味道，却从未试验过任何香水，因此你会非常清楚那芳香来自何处。她的身体自带一种特殊的音乐，她刚一走进房间，这音乐便将房间填满了。如果她经过了清晨，清晨的光辉就会更加明亮；如果她在你们那里一直待到夜晚，夜晚的光辉就会更加闪烁。她曾平静地将指纹按在纸张上，向想要土地的人赠予土地，向想要房屋的人赠予房屋，然后她就走开了。但她永远不会忘记抛出她的某件忠告：

"切勿去追逐生活，要让生活会去追逐那些逃兵；切勿将你自己置身于大海中央，然后站在那里，抱怨自己被淹没；切勿把你的心放在双脚之下，然后呻吟悲叹着死去；切勿将你自己像乌云一样悬吊在安拉的天空，然后恳求不要变成雨水降落到田野上。你那如母亲般的祖母并不了解我的憎恶，这些日子里，她以占领国家的那种巨大力量毫无争议地占领了你的心。"

他很少讲到他的母亲、两个妹妹、朋友、报社的同事以及他对每件事物的印象，直到他讲述的事情完全化为乌有。他在你面前关闭了所有道路，于是你无法靠近，甚至无法去提一个简单的问题，以此让自己安心。你现在自己事实上已经被置于他的生活之外了吗？可以确定你在他家中的存在，不过是一件旧家具，这些日子里，他所关心的只是寻找出怎样的方式来摆脱它。他会试图在某个令他自己满意的期限里——没有魔鬼或天使知道会以哪一种方式——去完成他神圣的职责，即在你身体上方，将他的胸口紧贴着你的胸脯，几乎把你压得窒息，在做爱时用墙壁上的家具什物击打着伊本·哈齐姆的所有训诫。他把头高高扬起，将自己的脸藏起来，远远避开你的脸，同时躲开了对你的亲吻。在这期间，他没有说任何字，没有任何爱的低语，也没有或远或近地暗示他渴望触碰你的手，或是暗示他喜欢你像这样拥抱他。他无声地进入你的身体，空气中只能听见你发出的小鸽子般的咕咕声，而没有任何回音，或许这种咕咕声会突然打断单调的节奏，或许它会咕咕叫下去，直到你听见他到达终点时喉头发出的咯咯声，这不是因为他到达了爱的巅峰，而是因为他完成了他的职责。于是他起身离开，留下你独自忍受对他的饥渴。你渴望他最初的神魂颠倒、最初的疯狂以及他最初对你身体的痴迷。这时你或许开始想象，他寻遍你的全身，逐个器官地去探求，以期找到更多入口来进入你的身体，仿佛他是阿丹，当哈娃突然站在他面前时，他的双手迟疑而惶惑，试图去发现她是由哪一块泥巴揉捏成的，要对她做什么，于是他开始探摸她的每一个部位，然后把这些部位重新放回原处。

他不会注意到你受了伤，不会看到你的肢体淹没在屈辱的感受中，然而你要小心说出一个词，难道老祖先的祖母们没有教会你去玩弄他吗？只有隐藏在世界图书馆的神话故事才会提及那些游戏内容！他会批评所有你正在做和所有你没做过的事情，只有在碰见其他姑娘时，你才会瞥见他展露微笑，而这笑容是你非常喜欢的。他会继续从你身旁逃走，去观看比赛或者去观看乏味的电视剧，只为了找到一些语言，用它的词汇来打破水泥墙壁的沉默。无论你把脸转向哪里，无论你怎样微笑，你都只会看到他的愁眉苦脸或是狼狈困惑，很像是公鸡拔掉了鸡窝中大部分的枣椰叶柄后露出一个窟窿，这会让它终结性命，于是，它从鸡窝中逃出去，永远获得了自由。你也许还会看到他在公寓里迈着惶惑的步伐……这种步伐是某个机场候机厅中正在等待一架延误了很久的飞机的人所特有的。

你的尊严当然不允许你同他当面对质，因为首先，你害怕所有事情在瞬间曝光，第二，因为你是他的女人，你非常了解他，知道他会气愤地翻起嘴唇，或许还会怪罪你疑心或是疯狂。当他们强迫他坦白真相时，如果你拖延了，他或许会按男人们的习惯对你大喊："是的，爱情已经结束了。"有一天，他拿来一个瓮，里面已经装满，甚至还上了锁。他把这个大瓮放在某个架子上，哪怕它盛满了爱情。你像一个小女孩一样无辜地问道："为什么我却仍然爱着他？为什么我的瓮还没有盛满？"你一脸痴呆地在问："所有这些爱情究竟去哪了？"那纠缠在心里的声音仿佛是一个被处以绞刑的人在央求获得生命中的最后一滴水……那从遥远天际流淌出的话语，仿佛是被天使秘密地抛入爱人的耳朵，好让他重复给他的心上人听的……那只闪亮的眼睛睁到最大，以免错过心上人的任何不安与波动……爱的催促从早到晚不停歇，仿佛是小鸟在孜孜不倦地鸣叫……当他们需要神灵的帮助时，先知们在甘甜的深夜用闪亮的月晕轻抚着他们的面庞……他们彻夜不眠，仿佛在用海洋、山峦、沙漠、星辰、太阳、月亮甚至动物的趾蹄来守护整个宇宙，以免这个宇宙在它睡觉的瞬间消失不见，将他的心上人一同带走……他们始终在寻找一只脚上捆绑着一捆书信的信鸽，那些书信在反复说着同一个内容，与其他任何一封书信——这是多么奇怪啊——都不同！那透明得能看到灵魂的身躯几乎要飞起来了，可是它在抗拒飞翔，以免与他的心上人分离得太远。他因无力固守在停留的位置而哭泣，而且他会继续哭泣，因为他知道，他哭得越多，眼睛越是湿润，他心上人的样貌就越是闪亮……他完全放弃了耐心、理智和梦想，他睡觉时，试图变成一粒空气尘埃，努力到达他心上人的眼中，而前提是不会让她受到伤害……他会与安拉说知心话，并清楚地倾听自己的声音，有时还会用这个问题冒犯到安拉：难道我们不是一个整体吗？你为何要把我们分成两半？他会戴着王冠从爱恋的炙热中逃离出来，居留在他的庭院，仿佛有情人只有在心怀爱情的时候才会来到安拉的庭院……他犯下罪恶，揭露出全部爱情的秘密，却对秘密缄口不语……他看到自己比花园中的玫瑰还要弱小，在心上人的美貌面前显得更加丑陋，如同忙乱的蚁群中的一只小蚂蚁，普通到令人怜悯的程度。他看到自己是一个在主人面前并不顺服的奴隶，整日整夜都在祷告自己的美德，蹲坐在主人脚下，去执行主人最无意义的命令。他发现自己无论做了什么，在他心上人的眼前都会被遮盖起来。他看到自己是灼热艳阳下的迷途者，就像彷徨在阳光皱褶中的蚊子的一只翅膀。他是一粒被大风扬起的尘埃，飘向没有目的远方。他是一条老迈的鱼，鱼鳃萎缩，鱼鳃部位已经生长出两个肺，从今以后只能跪卧在低浅的死水中，将鱼头露出水面，以获取少量空气。他看见自己是没有亲人的耳朵，看见自己在基督教堂以外的地方敲钟，看见自己是没有死者的追悼会，或是没有新娘的婚礼，或是正在寻找佩戴者的珍稀宝石。或许他是礼拜者胸膛里呼出的最后一口气息，而这礼拜者自数年前便逃到了洞穴里；或许他是掉落在大地上的一颗流星，没有任何人看见或是注意到它，于是它转瞬就变成了一块烂泥；或许他是孤独女孩在疯癫的黑暗中身体担负的妊娠；或许他是在最高处飞行时突然被子弹击中的兀鹰，只希望平稳地降落在地面上，有气节有尊严地死去。他是一场集体礼拜，却没有朝拜的方向，没有念诵的诗篇，没有清真寺，没有额头上带有黑色印记的礼拜者；或者他恢复了原貌，确切地说，他只是一个被遗忘的健忘者，忘记了自己曾经的模样。

你正在完全打断爱情退却的节奏，或许你正在拯救自己，我的女士啊，在你面前只剩下很少的选择……比如穿过湖面，你知道它是一潭静水，你越是挣扎着让右脚摆脱泥泞，你的左脚就越是会陷入它没有止境的自我同情的泥淖中。

你的母亲纯洁和蔼，所有看见她的人都会成为她爱情的俘获。事实上，她在你面前从不吝啬用她的故事或忠告，或通过讲述她如何同你父亲相处，来与你分享斩获男人爱情的秘密。你是否还记得？有一天你最小的姨母拉德娃情绪崩溃地啼哭着来到你们家，她的丈夫希望她为他生一个男孩，在等待了五年之后，他把你姨母休掉了。但是她像你一样，是个不能生育的女人，或者说你天生就像她一样不孕不育。那天，你母亲将她揽入怀中拥抱了很久，你母亲正准备放声大哭，但是当看向你父亲愁眉不展的哀伤面庞时，她突然止住了啼哭。她让你情绪崩溃的姨母坐在离她最近的椅子上，然后向你父亲抛去一瞥怨恨的目光，仿佛他就是那个休掉你姨母的男人，随后，她喊着你姨母的名字说：

"拉德娃，我的孩子，你很幸运，伟大的安拉会赐给你另一个男人。"

你父亲在房子里追赶着她，好像要打她一样。他从未打过她，只是吓唬过她，似乎他知道你母亲很爱他，甚至到了崇拜的程度；似乎她知道你父亲想要拥抱她而不是打她；似乎他们两人暗中一致达成了这个游戏，他将这个游戏称为讲故事、提意见和捕捉你母亲，而你母亲最终会迫使他和所有人一起哈哈大笑。这个追逐游戏通常会以母亲从里面反手关上房门来收场，这是为了不让你听到你父亲的叫喊：

"你真是一个下贱女人。"

同时，她从房间里面用小女孩般的声音回应他，仿佛她不知道自己事实上说了什么：

"这是我刚才说过的话吗？安拉啊！"

这条道路很漫长，仍旧在你面前绵延展开，现在你已经跨越了几英里的猜妒、热爱、泪水，你想象着他没有和你在一起时那些岁月，将梦想、现实和亲吻混合在你永远无法得到的黑暗角落中。有那么多的话是他应该说出来的，那些秘密如果倾注到你们两人的床榻上，那么你们初始的道路就会延长并洒满蜂蜜，结束的道路也会缩短。那里的拥抱没有发生在它应有的瞬间，赞赏的呼喊窒息在男人的愠怒和女人的害羞中。家园应该敞开墙壁，果园应该从容生长，夏季应该拜访你们，并对它路过这个世界时带来的酷热表示抱歉。冬季的雨水会让你们老迈的骨骼彼此相互温暖，并对寒冷更加宽容。

于是，你离开了。你切勿从这世界的什物中带走加重你肩胛负担之物，把所有的东西都留给他吧。既然已经离开，又被上了手铐，用链条锁在那里，你还需要什么呢？你带在身上的干椰枣将会等于一场损失，它们正排列在你所有损失的队伍中。你已在你的手稿中写下了一切：有关床铺的所有瞬间；夜晚孤独墙壁的低声细语；夏季里蚂蚁大军的故事传说；中午时分太阳的影子交替映照在家具和床单上；地板因你过于频繁且沉重的踩踏而感到疼痛；下午茶叶伴有绿薄荷的馨香；清晨的镜子因在你面前反复展露微笑而感到厌烦；愤怒的大火如锅炉的烈焰般在你的孤独中燃烧，也在你的孤独中熄灭；愚蠢的电话铃声；银色边框电视机中的哈哈大笑声和女播音员保持中立的微笑，你从电视里看到了发生在上埃及边境有关恐怖屠杀的新闻；你悄悄说的隐藏了语言的低声细语；你小心翼翼地收集发生在漆黑夜晚中的梦境，将它永远闭锁在你的文字中；你高声嘲笑某些事物，却惊讶地发现它们其实很好笑。还剩下什么东西是你没有带走的吗？你将带走曾经属于你的一切：那颗与生俱来的破碎的心……每当你从远处瞥望全新的开始，总是会将你脚步绊倒的那份羞涩……那双擅长供养半个部落的人、擅长洗涤、整理衣物以及清洁窝巢的手……那双擅长对已经离去和将要离去的人倾泻泪水的眼睛。毫无疑问，在你熟睡的时刻将你唤醒的生物钟，会向你吐露预言的秘密，你会很难——在最初的时候——破译它的密码，然而它却盘旋在不可能遗失的场景、旋风和战争的上空。你不知道哪个国家将经历那些旋风，你也不知道谁会胜利地走出那些战争，何况你不曾承认过战争的胜利……你将带走曾经属于你的一切：没有生育过孩子的子宫……左边眉毛上方的伤疤，这是小时候父亲要打你，你逃跑时从你们家楼梯顶端摔下来以后留下的……你的耳朵，成吨的话语在你耳中嗡嗡作响……还有你的双脚，在记忆中，它们只踩踏过几条街道、几条马路和几个广场，你能够在不超过两分钟的时间内重复出这些地点的名字……还有你的少许记忆，它们非常轻巧，你能够带着它们周游在安拉的国度里，不会因背负它们而感到负担过重……还有原本厚密的头发，尽管已经变轻，但仍能遮盖你头盖骨里的痕迹，那是在你身体上经过的人们刺入时留下的伤痕，你并不相信自己能够从他们的脚下站起，然后重新展翅飞翔……还有那只擅长倚靠在你自己灵魂上的指甲……那红色的玫瑰，自你出生起直到被葬入土中，一直在敞开伤口……最后还有你的气味，你知道它很特殊，对部族中的男性来说，那气味是勾魂摄魄的，但是你要注意，如果你再一次被吸引得神魂颠倒，那么你将永远重复这同一个故事。

你还需要渡过几英里的绵延的痛苦，如果你想简短掠过，我的女士啊，那么你要勇敢，你要亲自用所有的爱去关锁那个已经盛满的瓷瓮，你要充满怜悯地将它放在你生命中某个不可见的架子上，直到你变成一个透明的幻影，每当它想在未来对他充满渴望的瞬间抓住他，他就会从它面前溜走，并尾随它的道路迈向永恒光辉的尽头。

$*$ $*$ $*$

它实在过于丑陋了，驼着背，有着厚厚的外皮和短小粗糙的脖颈，冗长粗糙的鬃毛从脖子一直延伸到尾巴，那条尾巴已被割断。它走起路来一瘸一拐，因为它的后腿要比前腿短小。它酷爱腐臭的空气，这气味通常来自腐尸，它的牙齿能把骨骼削尖，因此它的猎物不会留下任何可以被人想起的痕迹。

第七章

　　我清楚，这是最后一次跟她亲热，她也明白这一点儿。

　　解开她硕大的发夹，她的头发如瀑布般倾泻到我的胳膊上，我满腹狐疑盯着她看了很久。我曾深信不疑，她的一切都归我所有，却突然被一阵困惑侵袭心头。她圆润的双肩曾融化在我的手掌下，我平生第一次用尽全力撕碎了她身上所有衣服，装饰着她玫红色吊带睡裙的红色丝绸蝴蝶花结纷纷散落下来。她一副受惊的模样，此前从没有过这种体验，我感觉到一种平静在刺激着我的胸腔……我拽了拽她的头发，用力吃咬着她的双唇。我睁开双眼，吞噬着她的呻吟，而我此前绝没有听到过她如此剧烈的呻吟，然后我停下来，仔细观察她赤裸身体的每一个部位，再去亲吻并试图吞噬掉它们，接着再将它们放回原处。于是她所有的汗孔和孔洞都已为我打开，事实上，我曾试图从她身体各处进入，或许我会隐藏在她的体内，于是她休憩时我也在休憩。她猛烈地嘶喊，并以击打床面的节奏摇晃着我，我发现自己可以一直这样，并且永远继续下去，只要我不去专横地中止现在的状态，或是沉浸于思索这个问题的答案：这个诱人的生物是由什么做成的？我是一边深呼吸，一边给她的器官重新排序，而没有留意她的呻吟声在房间各个角落不停地回响。她一直在剧烈颤抖，指甲紧紧抓住我的脊背，与此同时，她像幼童口中的棉花糖般在我的身下融化。几个小时过后，我像从残酷战役中凯旋的战士一般躺在她身旁，想要对她承认，我此前从未享受过这样的欢愉，承认她写下的愿望就是这个事实，然而我感觉她立刻就睡着了，头依然枕在我的胸前。我深信自己以前从未和这个女人睡过觉，我也深信她是知晓这一点的。

　　早上八点钟，我穿好衣服，看到她被撕碎的睡衣随意扔在地板上，感觉并不相信发生过的一切。我诧异地自问：我的印记将在她身体上保持到何种程度？我给她造成的皮下淤青仍然显出黑红色，我的牙齿印仍然留在她的双唇上方和下面，还有她的酒窝上。我想一直躺在她身旁，直到永远，我想对她承认我似乎爱上了她，然而我应该赶紧去享用她在笔记本电脑上的反应。

　　她正在听着持续的电话铃声，平静的脸庞已经完全僵化，我诧异地看向座机，仿佛是被独自留在陌生人家中的客人，不知自己是否有权利接听这急促的电话。她将几绺头发从湿润的额头前面拨开，她意识到，这长长的电话铃声，意味着电话另一端是她在伦敦的女朋友伊曼。她把热敷布放在她的鼻子上，鼻子上的肿胀是昨天夜里我用力咬她鼻子造成的。她缓慢地拿起听筒，她回答的问题似乎自一段时间以前就被提出来了，而我的摄像头没有记录下来，或许是我自己没有注意到它：

　　"结束了，他大约下周和她订婚。"

　　我几乎要疯掉了，她是从哪里知道的？会是我母亲出于幸灾乐祸的心态告诉她的吗？会是我要娶的那个女人萨米亚说的吗？如果是她，那么，她是从哪里得来的电话号码？我甚至在手机上都没有记录过这个号码。如果我拿到了这个号码，难道我没有在她的亲人和我家人面前提醒她，如果我在下周四前告诉了任何人，她便是个离婚的女人？

她没有让我的问题产生过多反响，随后陷入一阵长久的沉默。她无疑在听伊曼提出同我的问题类似的疑问，然后她仿佛是从深井里的言语中汲水一般，压低声音说：

"不，他没有和我当面说，没有人告诉过我，但是我很确定。"

她听伊曼说了很久，我自己猜测伊曼正在痛骂我，痛骂所有和我一样的男性，然而当我看到她将热敷布从鼻子上移动到被我的牙齿严重损伤的嘴巴上，并试图痛苦地哈哈大笑时，我都快要得脑血栓了。那种被汽车碾压过去却没有死掉的行人就是这样哈哈大笑的，而且这行人开始满怀爱心地安慰他身旁的人说，他仍然还活着，并将死里逃生：

"他要走了，你知道吗？他穿的那套西装是你第一次去伦敦旅行时给他买的，还记得吗？那套深蓝色西服。"

她再次沉默，或许是在听那些可能会让我和我家人折寿的杀人不眨眼的咒骂，然后又把热敷布移动到了鼻子上。我有些凌乱，那些水滴是她流出的眼泪，还是从热敷布上滴下来的水？她的声音证实，她坚决打断了她唯一的朋友说话，她突然尖叫起来：

"我受够了，够了，你相信我吧。"

随后她的眼睛在天花板上漫游，仿佛在看我无法看见的东西：

"伊米，你听我说好了，把你这愚蠢的电话放下吧，我最近会去看你，别再用这个电话联系我了……"

"不，不是联系我的手机，我今晚会买一个新的电话，我会直接用它联系你，但你可以用任何奇怪的号码回复我。"

我几乎可以确定一种想法，就是在她离开后，她会摆脱能够让我获得的任何联系方式，她会把旧手机连同上面我的名字和我所有家庭成员的名字一起扔进最近的垃圾堆。她用纸巾擦干那些水滴或是眼泪，继续将热敷布移动到另一个皮下淤青的地方，这一次，她沉默了很久，随后她压低声音，那声音几乎要把我的心像屠夫刀下可怜的肉一样切碎：

"不，不需要，我这里没有任何需要。"

她的声音终于颤抖了起来，声泪俱下地说：

"伊米，你要知道，二十年来，我都没有打碎过一个盘子。"

她继续移动着热敷布，说话时试图摆脱声音的支离破碎：

"因为给她发了 word 2003 文档，我很担心。但这是个好消息，他喜欢，我知道他本来不是很容易喜欢某种东西的。"

这一次，她倾听的时间更长了，随后充满友爱地呵责伊曼说：

"哦！今晚你先回去吧，我还有很多事情，要做完才能走。"

"伊米，当然了，他是我第一个要联系的人。"

我女人认识已久的这个难得使他高兴的男人是谁呢？不可能是伊曼的英国丈夫，那个人的脸像猴臀部一样，而且他不会读阿拉伯语，埃及方言也说不好，会让小孩子都觉得好笑。她一定是在谈论她的手稿，那么她是何时又如何将它投递出去的？更重要的是，我几乎要被这个问题杀死了：她是怎么得到网络连接的？我突然想到她在那可恶手稿中写到的一句话：姑娘啊，女人有她独有的道路，那条路除了她和魔鬼，谁也没有踩踏过。

我注意到，她在整个对话过程中从没有提过我的名字，我将再也不会从她口中听说我的名字了吗？我是多么希望她念出我名字啊！所有人都和我一样注意到，她可以发明出新的字母，除她以外的任何万物都不可能发出这字母的读音，它的发音落在字母吉姆和卡夫之间，一个隐蔽字母，或者说几乎是两个字母的混合体。当她读出我名字时，我是多么喜欢它啊！她放下听筒，抬起眼睛，直接通过摄像头看向我的眼睛，然后平静地走向卧室。我不知道为什么会想象她其实是一具尸体，只是在机械而缓慢地移动，仿佛她的身体里携带着一枚随时准备杀死自己的炸弹。在那一瞬间，我想象着她会在放下听筒后立刻哭泣起来，但是她把热敷布放在小柜上的小碟中，同时打开所有衣橱的门，然后厌恶地使劲关上装有我的衣服的硕大衣柜。我此前从未注意到我的东西占据了衣柜如此大的空间。她发现，与她相关的物品只是少量的外出的服装。她平静地注视着那些悬挂起来的五颜六色、带着闪亮刺绣的罩袍，在我看来，这些罩袍从远处看去，像是被处以绞刑的女人。她精准而从容地关上衣柜的门，脸上仍然满是厌恶的表情。她取出一个很小的手提箱，我都不知道这提箱是从哪里得来的。把它放在床上之前，她先掏空了里面的东西，而里面只有一个显然已经很旧的塑料手提袋。她好像突然看到了那件被撕碎的玫瑰色睡衣，面无表情地将散落在卧室地板上的红色蝴蝶花结收集起来，然后用指尖将睡衣拖走，仿佛它是一只死老鼠。她走向厨房，在她离开之后，我会在垃圾箱中发现那件睡衣，我当然无法如我所愿地将它保留下来，因为我要在其他女人到来之前，小心地消除她的一切痕迹。她再次回到卧室，拉扯出她的长袍、枕套还有一些个人物品。过了一会儿，我听到洗衣机的声音。早上八点钟，我会发现衣柜里的面纱和罩袍，因为她离开时没有带走衣柜里的任何物品，然后我会在十二月的酷寒中平生第一次晾晒衣服。她缓缓地打开抽屉，把她的所有内衣和一件运动服放在小手提箱中，然后把她所有的睡衣和丝绸衬衫都堆积在长凳上，形成了一座大金字塔，她盯着它们看了一会儿，仿佛正在努力寻找对于她所思考的事情的解决方案。很快，她抓起手机，发出了僵硬的声音：

"嗯，你半小时之后来接我吧，别担心。"

接着，她跑向厨房，在那些拉齐娅从沙特带回作为礼物送给她的五颜六色的大袋子中，拿来两个薄皮的袋子，把那座金字塔全部放了进去……放进去的是我们在一起的所有夜晚……所有我指印在那里的触碰……她的味道和我的气味……她的细语和我的低吟……我有一种被清除的感觉，我的一部分灵魂已经并将永远消失在这两个袋子里。我几乎要再次哭出来，仿佛我在观看一部埃及黑白电影，而我却不是主人公。在几番尝试之后，她摘去了小柜上我们在一起的照片，然后她记起了什么，突然站起身，从书房抱回重重的一摞相册，里面包含了我同她多年的过往记忆，但是她只用半小时就把所有我和她同框的照片拣了出来，给我留下的照片上面只有我自己……那些照片是我在报社里或是在世界各国旅行期间拍摄的，还有一些是同她结婚前与我家人在一起的照片。她看上去不像是在凝视我们在一起的幸福瞬间，而是在以前所未有的注意力挑拣她所有的照片，为了不留下她的任何痕迹，她又堆出了一座小金字塔，这张床几乎快容纳不下了。长凳上只有我和她在一起的照片，二十多年的记忆中包含着填满相册的幸福时光的照片。我自问道，难道她不会给我留下一张同她在一起的照片吗？在我要娶的那个女人和她母亲拜访我母亲家之前，我不得不撕掉那张占据了母亲家客厅半张墙壁的大幅结婚照。在我母亲舔着嘴唇的神情中，我小心翼翼地打碎了带有金色框架的玻璃，以免它撒落得到处都是。我把那张结婚照取出来，没有注视很久，便将它撕成了小碎片，接着，我像往常一样，将清理房间和整理物品的任务留给了我母亲和我的两个妹妹。

她打开阳台的门，全无生气地剥着菜豆，叶子泛黄时，菜豆也会无精打采。然后，她把带有泥土的巨大花盆搬进仍然堆积着照片的卧室，她看着照片在花盆里以过人的速度燃烧，随后再向里面添加一批新的照片。到了晚上，我发现埃及菜豆如僵尸般被随意扔到了阳台冰冷的瓷砖上，旁边还躺着它的大花盆，里面是燃烧过的残余灰烬和烧成石灰的泥土，这时我才会注意到我在我女人心中已经死去的事实。她收起所有曾用来装饰梳妆台的屏风，然后专心打开梳妆台的抽屉，从中取出雪花膏和只为了我才会去打扮的化妆品，把它们放进两个行李袋，插进睡衣中间。她一直看向抽屉，以确定它们已经空空如也……没有任何东西。她打开衣柜的抽屉，里面摆放着我的衬衫、床单和毛巾，在关闭抽屉之前，她放心地看到里面所有东西都整整齐齐。她一直反复打开每个柜门再把它们关上，之后才坐在床前的长凳上。当她像我一样听到门铃响时，便站起身，戴上面纱，穿上罩袍。这面纱和罩袍是悬挂在衣帽架上的，或许这衣帽架是我到现在为止可以看到的带有她的味道的唯一物品了。她两只手各提着一件行李箱，把门打开一半，用甜美的声音欢迎地大喊，试图表现出很愉快的样子：

"你怎么样？我亲爱的，闺女们好吗？我让你给她们带点生活用品，之后我给你打电话看她们喜不喜欢，我再跟你见面，我最近有点忙。亲爱的！"

这个高龄老女人的声音比娜尔敏的声音更大，此刻我的全部注意力都在担心她的话会被邻居们听见：

"让他去死吧，你别担心！"

"你别这样说，我晚上会联系你！"

她关上门，脱下罩袍，穿着一条短裤和浅色的 T 恤。在我不在家的时候，她几乎只穿这件衣服，然后，她从打开的小孔中伸出手，高喊道："把这些东西也带给她。"

我几乎要尖叫起来，这个女人是谁啊？我为什么没有在门外也放置一个摄像头？哪个看门人或机器人将享有她的这件丝绸睡衣，甚至可能会一并享有我妻子的味道？为了阻止这场闹剧，我不会在从现在开始的一个小时内回家，可是我真的想要阻止她吗？抑或我一刻都不曾想象过，她的反应将会如此平静，我一刻都不曾设想过，当她被抛出我的生活以后，她会如此平静地退出，没有留下一点儿微小的痕迹。

现在，她开始在公寓的各个角落漫无目的地踱步，就像在某个花园游荡。她像被放置在门旁花瓶里的郁金香花一般生长，我看着她在悲伤中变得繁茂。我将目光移向她仍在继续绽放的白色繁茂花朵，记起了我曾读过的对植物世界这一奇怪现象的分析，我记得书上曾说："这些花不像动物或人类那样拥有大脑和神经系统，因此简单来说，它们不知道自己已被人们从地面上采摘下来。在离开土壤后，它们是从根茎中的糖分物质中获取营养的，而这些根茎的养分则从花瓶的水中获取。"

她的目光并不专注于某件物品，抬眼的瞬间，我看到了悲

198

伤，悲伤遮住了这个有着迷人酒窝的女人的黑色眼睛。我还瞥见了惶惑，这惶惑为她赤褐色的脸颊添加了一抹红色，仿佛她是个十八岁的小姑娘。我是疯狂爱恋上她了吗？我爱她吗？抑或自我认识她那时起，我就在一刻不停地爱恋着她？

她的目光游荡在房间的各个角落和墙壁上，看似漫无目地以单调的节奏不停开关床边的柜门。两小时前，她就从小柜中拿出了我们的离婚协议书，没有注意去看里面的内容，就将它随意放进了长凳上的小手提箱里。我在等待她那双美丽、惶惑而沉思的眼睛开始哭泣……我设想着她真的哭了，或者她过一会即将会哭起来，然而我发现，自己才是那个号啕大哭了很久的人，我今生从没有这样痛哭过。

她缓缓站起身，在我和她一起生活的日子里，她第一次过了五点钟还没有奔到厨房去为我准备食物……她会不为我准备最后一顿晚餐就离我而去吗？整个白天，除了喝了几口水以外，我没有看见她吃任何东西，她是想让留给我的厨房保持干净整洁，完全没有她烹饪过的痕迹吗？

无疑，这是一种被判死刑的感觉。当他们像拖一张浸湿的红色纸片般将他拖到绞刑场时，他们开始为给她委派一个能够顶天立地的男人而大打出手。我拖着沉重的脚步，爬上家中的楼梯。我要成为她电影里真正的英雄……我要成为那个做出终结的人……我要目送她离开，而不用任何言语来撕破自己的威严。我差点就像被残忍抢走了心爱玩具的小男孩一样哭起来，我没有观察她此刻正在做什么，没有思考当她永远离开后，未来的几年里我将要做什么。她正从我的屏幕和生活中消失，我从一处移动到另一个地方，在此期间，恼怒是否正要逐步将我杀死？在家门前，我注意到自己应该去按响门铃，而她不再是我的女人……也不再是我合法的妻子，我已经有大约一个小时没有看见她，她现在穿的是什么？正坐在哪里呢？

这一次，她敞开了门。她身穿阔腿牛仔长裤、蓝色衬衫和黑色夹克衫，我不知道这件夹克衫是哪儿来的，或许它曾放在那个旧塑料包里。她把头发编起来，用一个硕大发夹固定在头顶，形成一个不规则的球形，几绺头发悲伤地散落在她的前额上，我的女人要像这样不戴面纱地出门吗？小手提箱放在门口，完全做好了离开的准备，她似乎已经决定在客厅待上四十分钟，而我正一秒一秒地计算着时间。她用严肃的、试图摆脱悲伤的声音平静地说：

"好了，所有东西都在那儿了。"

我不明白她从哪里来的自信说"所有东西都在那儿了"。我完全没有注意听她在说什么，我在很多时候都不明白女人说的话。我两个妹妹或是母亲说出的一些话在我耳中飘过，可我发现自己并没有给出回应，并不是因为我不重视她们说的话，而是因为我事实上没有听懂，于是我立即跨过去，去回答我听懂的另一件事……我一边思考，一边走进卧室，把她丢在原处，而她几乎是在门后面的位置，期间我一句话都没有说……女人们究竟可以听懂我的话吗？比如，我正试图挽留她，让她多待一会儿，可不知道为什么，或许我在奢望她喊我的名字，哪怕是充满愤怒地呼喊，我很想能最后一次听到她喊我。

我在厨房、卧室和客房里踱步。这客房原本是给我们的孩子准备的。这时，我注意到，她或许在猜想，我在清点我的财产，好对它们放心。这时，梳妆台上雕刻着我的名字的婚戒仿佛扇了我一记耳光，还有她那些金戒指、金项链和金耳环，那是我亲自买给她或是拉齐娅从海湾国家带回作为礼物送给她的，我明天就把它们拿给我母亲，可是我现在几乎要尖叫起来，她要把这缠着线圈的金戒指留给谁？是要留给我要娶的那个市井女人吗？她永远切断了我同她联系的所有理由，向我关闭了她面前所有的大门，抑或她想让我在余生中打上对她怀有负罪感的烙印？我要如何向我的女人解释我想要挽留她，哪怕只有仅仅几秒钟？她如何才能明白，我多么希望她此刻正在公寓各处游荡？

　　我像一台发动机一样走遍了家中的所有角落，手中一直拿着装有她手稿的信封。我用红笔在上面更正了错误，仿佛我将要把它发表在《安达卢西亚报》上。我终于面对了她，双脚几乎无法站稳。我盯着她的脸看了很久，没有眨一下眼睛，我看着这张脸，如同过去看它那般，我将在今后整个人生中一直这样看着它。她有一张漂亮的埃及人特有的面庞，不施粉黛，一头吉卜赛人的头发非常迷人，几缕垂下和收拢的头发混在一起。她的身段非常柔软，但这身段却只会激起你对它的主人的尊重。她的一双大眼睛充满悲伤，艰难又羞涩地将目光从我身上移开，带着这目光走远了。十天之后，在我的女人像这样不戴面纱地离开我并永远走出我的生活之后，我将在某个电视节目中看到她。这些日子里，我将像大多数埃及人一样，始终坐在沙发上，思考数百万人走向街头和广场参加抗议的结局，他们在抗议这个国家的灭亡。我在不断关注这个国家培育的最高贵的一代青年被杀的事件。我因自己不是青年，不能像他们一样敞开心胸面向炮火而哭泣。我在思考自己的境遇，思考我曾对自己做了什么……我本应在与完全陌生的那个女人一起度蜜月，她不停地问我对于她穿的裸露睡衣的看法。她所有睡衣都是紫色系，这让我的眼睛产生了审美疲劳。解放广场上发生的事件令我心烦意乱，我一直在对她重复说，正义军将把他们全部抓捕起来，并把他们投进监狱；穆巴拉克不会放弃他的统治，他会一直统治我们，直到他死去。突然，我对这个被我供养在家的蠢女人大喊一声，让她不要说话，而我则跳到电视机屏幕前，蹲坐在下面，凝视着占据了整个屏幕的娜尔敏的脸。她穿的衣服正是从我家走出去时穿的那件。她的头发更加低垂，已经从硕大发夹中自我解放般地披散了下来，我猜那发夹或许掉在了解放广场的地上，我还猜测她在过去的几个夜晚都一直在解放广场上过夜，在她身旁的就是短短几个月之后将娶她为妻的那个男人，也就是我今生都将憎恶的那个男人。他举起手，做出胜利的手势，站在她的后方拥搂着她，她把嘴巴张到最大，我以前从未见过她如这个样子，然后她说了一个词……和平主义。

　　我一直连续很多个小时无法入眠。我看着电视节目，希望能再次看见她。最终，我在二月的第一天做出决定，我要去解放广场。我完全确信，我所认识的埃及将因"和平主义"这个词而改变，游历它的道路的会是真正的革命。或许，我会在嘶吼的人群中与我的女人偶遇……我的女人只有调查后才会指出真相。

　　我伸手将手稿递给她，几乎是同时，她回答了那个令我终生失眠的问题：

　　"是的，因为你在日夜不停地监视我。"

　　她打开手稿，认出它时，并没有显得惊讶，而是微微扬起了眉毛。我无法读懂她，仿佛她突然变成了一个陌生的女人。

然后她看着大门的方向，这时我才发现它一直是敞开的。在我找到其他理由挽留她之前，她把信封放进小手提箱，然后把它锁好。她用含混不清的声音高感了一声，你会发现这种话最适合可爱的女主人公在谢幕以及从我生活中永远消失之前说出来：

"哎……谢谢你。"

2012 年于开罗

后　记

　　《鬣狗之旅》是萨希尔·穆萨德法博士叙事计划的第三部小说，其中第一部小说《魔王的游戏》于 2003 年出版，荣获由埃及作家协会颁发的 2005 年最佳小说奖；这部《鬣狗之旅》出版后，在阿拉伯世界引起强烈反响，并由《亚洲报》刊载其中的一个章节。

　　《鬣狗之旅》创作于 2012 年，是穆萨德法博士有代表性的一部魔幻现实主义小说。笔者在翻译过程中，一度致力于在自身能力所及范围内，将这本书的翻译做到极致。然而，尽管在翻译时本着精益求精的态度，极尽吃透原文，字斟句酌，并经过向埃及同仁、国内大师和前辈请教及多方探讨，在初稿基础上进行数次删改核校，最终形成终稿，但由于才疏学浅及自身水平所限，最终翻译效果恐怕距"堪称完美"仍有光年之遥，望各位前辈、同仁和读者不吝批评指正。

　　原作《鬣狗之旅》于 2013 年在阿拉伯国家出版以后，掀起一阵热潮，有为数不少的新闻报道和书评，刊载于各阿拉伯网站上。笔者从中选取一篇书评，并粗浅译成汉语，作为序言，以期协助读者更深入理解这部小说。

最后，希望这部小说没有辜负作家的心血和读者的宝贵阅读时间，并希望能够通过这部小说，为读者打开一扇了解阿拉伯世界当代文学、生活及精神世界的大门，给读者以启迪。并再次虔心希望各位前辈、同仁和读者不吝批评与赐教！

杨凤同
2020 年 8 月